AF557891

मोदी-योगी का विजन
विकास की ओर उत्तर प्रदेश

मोदी-योगी का विजन
विकास की ओर उत्तर प्रदेश

के.के. उपाध्याय

प्रकाशक • **प्रभात प्रकाशन प्रा. लि.**
4/19 आसफ अली रोड,
नई दिल्ली–110002

संस्करण • 2026
मूल्य • चार सौ रुपए
मुद्रक • आर–टेक ऑफसेट प्रिंटर्स, दिल्ली

MODI-YOGI KA VISION : Vikas Ki Ore Uttar Pradesh
by Shri K.K. Upadhyaya ₹ 400.00
Published by Prabhat Prakashan Pvt. Ltd., 4/19 Asaf Ali Road, New Delhi-2
e-mail: prabhatbooks@gmail.com ISBN 978-93-90366-28-6

प्रस्तावना

उत्तर प्रदेश का स्थान भारतीय राजनीति के केंद्र में सदैव रहा है। लोकतंत्र जनता की मर्जी से चलता है। जनता की सामूहिक शक्ति से चलता है। विश्व में भारत समेत केवल पाँच देश चीन, संयुक्त राज्य अमेरिका, इंडोनेशिया और ब्राजील की जनसंख्या ही उ.प्र. से अधिक है। यह वह धरती है, जो अवतार राम और कृष्ण की भी कर्मभूमि रही है। आदिकवि वाल्मीकी, तुलसीदास, कबीरदास, सूरदास की यह धरा है। गंगा, यमुना, गोमती जैसी नदियाँ इस प्रदेश की धरा के पाँव पखारती हुई बहती हैं। यह इस देश की धड़कन है। यह वह प्रदेश है, जिसने देश को 9 प्रधानमंत्री दिए हैं। वर्तमान प्रधानमंत्री श्री नरेंद्र मोदी भी इसी प्रदेश के पवित्र व प्राचीन शहर वाराणसी से सांसद हैं।

यह कहना तो गलत होगा कि आजादी के बाद से प्रदेश में विकास नहीं हुआ। सभी ने अपने-अपने ढंग से इस प्रदेश को सँवारा पर विकास को वह गति नहीं मिल सकी, जो मिलनी चाहिए थी। आजादी के बाद भी इस प्रदेश के हिस्से गरीबी से जूझ रहे थे। सात दशक आजादी के हो चले थे, मगर गाँवों में पूरी तरह बिजली नहीं थी। शिक्षा चौपट होने की कगार पर थी। सरकारें विकास पर नहीं बन रही थीं। यदि हम बीते तीन दशक की बात करें, तो क्षेत्रीय दलों ने जाति के आधार पर अपनी-अपनी राजनीतिक पार्टियाँ खड़ी कर लीं। वोटों का समीकरण जातियों का समुच्चय तय करने लगा। इसका परिणाम यह हुआ कि जातिगत राजनीति बढ़ती गई। विकास

भी धीमा पड़ा। 2014 के लोकसभा चुनावों में जब इस प्रदेश ने 80 में से 71 सीटें भा.ज.पा. की झोली में डालीं, तो राजनीतिक पंडितों का हिसाब गड़बड़ा गया। एक उम्मीद जगी प्रदेश के विकास की। प्रधानमंत्री नरेंद्र मोदी की गरीबों के कल्याण की नीतियों ने असर करना शुरू कर दिया। लोगों के घरों में गैस पहुँच गई। गरीबों को घर मिलने लगे। जनता का विश्वास जाग उठा। 2017 में जब विधानसभा चुनाव हुए तो किसी ने नहीं सोचा था कि भा.ज.पा. प्रचंड जीत का इतिहास रच देगी। प्रदेश की बागडोर योगी आदित्यनाथ को सौंप दी गई। योगी की अपनी एक शैली है। वह बिना विश्राम के प्रदेश के विकास में जुट गए। प्रधानमंत्री नरेंद्र मोदी की जनकल्याणकारी योजनाओं को उन्होंने उ.प्र. में लागू करना शुरू कर दिया। इनमें फिर चाहे 'उज्ज्वला' योजना हो या 'प्रधानमंत्री आवास योजना'। सपने साकार होने लगे। भ्रष्टाचार पर कड़े प्रहार किए। कई अफसर तक जेल में हैं। कानून व्यवस्था को पटरी पर लाने के लिए अपराधियों का सफाया होने लगा। भू-माफियाओं पर शिकंजा कसता गया।

इस पुस्तक में इन सभी विषयों पर बात की गई है। साथ ही यह भी बताया गया है कि कैसे तीस-तीस साल से अधूरी पड़ी योजनाओं को पूरा किया गया।

पुस्तक में अयोध्या का भी जिक्र है। अयोध्या में लाखों की संख्या में दीप जलाकर अलौकिक दीपावली मनाई गई, तो मथुरा में फूलों की होली हुई। आज राम मंदिर बनना प्रारंभ हो चुका है। शिलान्यास के दौरान प्रधानमंत्री के ऐतिहासिक भाषण को जस-का-तस इस पुस्तक में दिया गया है। राष्ट्रीय स्वयंसेवक संघ के सरसंघचालक श्री मोहन भागवत का भी अद्भुत भाषण पुस्तक में है। यह इसलिए भी है, क्योंकि ये ऐतिहासिक पल थे।

पुस्तक में संस्कृति पर्व पत्रिका के संपादक श्री संजय तिवारी, वरिष्ठ पत्रकार श्री शोभित मिश्रा, वाराणसी के श्री अरुण मिश्रा, उरई के श्री मनोज शर्मा व ललितपुर के श्री संजय अवस्थी का भी सहयोग रहा।

प्रदेश की विकास यात्रा जारी है। पुस्तक लिखे जाने तक जो आँकड़े दिए गए हैं, उनमें आगामी समय में परिवर्तन संभव है। पुस्तक को लिखने की प्रेरणा भा.ज.पा. के संगठन मंत्री व मेरे अनुजवत् श्री सुनील बंसलजी से मिली। सामग्री संयोजन में उनका योगदान विशेष रहा है। मैं उनका हृदय से आभारी हूँ।

अनुक्रम

1

मोदी की लहर ने तोड़े यू.पी. में पुराने मिथक

2019 का चुनावी बिगुल बज चुका था। मैं उत्तर प्रदेश के मुख्यमंत्री योगी आदित्यनाथ के साथ उनके विमान में चुनावी दौरे पर था। मेरा सवाल बहुत सीधा था—आप किन मुद्दों के साथ चुनाव मैदान में हैं? यह चुनाव प्रधानमंत्री का है। ऐसी कौन सी उपलब्धियाँ हैं, जो इस प्रदेश में फिर कमल खिलाएँगी? मुख्यमंत्री योगी का बहुत सरल जवाब था, "गरीबों की चिंता। गरीबों की सरकार। गरीबों के लिए काम। गरीबों का साथ। किसान का विकास। फसलों का दाम। किसानों को सम्मान निधि। यह पहले किसी ने नहीं किया। केवल बातें की हैं। वादे किए हैं। वोट लिये हैं। चुनाव बीतने के साथ ही वादे ठंडे बस्ते में चले जाते हैं। पहली बार ऐसा हुआ है कि गरीबों की योजनाएँ जस-की-तस लागू की गई हैं। वह भी बगैर किसी भेदभाव के। न जाति देखी, न धर्म पूछा।" वे बोले, "आप देखना हम फिर जीत का इतिहास रचेंगे।"

आपको बता दें कि इस चुनाव में प्रदेश की दो बड़े राजनीतिक दल—समाजवादी पार्टी और बहुजन समाज पार्टी गठबंधन के साथ चुनाव मैदान में थी। यह उ.प्र. में अब तक का सबसे बड़ा गठबंधन कहा जा रहा था।

राजनीतिक पंडित न्यूज रूम में यह मानने को तैयार ही नहीं थे कि भा.ज.पा. इस बार 15 से अधिक सीटें जीत पाएगी? वे अपने प्रजेंटेशन में और मीटिंग हॉल के बोर्ड पर सीटों की गिनती कर रहे थे। बहुत थककर 15 सीटें दे रहे थे। वह भी तब, जब मोदी की लहर चलेगी। उनके पास वही पुराने

आँकड़े और जातीय गुणा-भाग थे। दलित, यादव और मुसलिम मिलकर वोट करेंगे। ऐसे में भा.ज.पा. कहाँ से जीतेगी? दोष उनका भी नहीं था। ये लोग लुटियन दिल्ली के उस गैंग का हिस्सा हैं, जो ऐन चुनाव से पहले सक्रिय होते हैं, न्यूज गढ़ते हैं, झूठ रचते हैं, फरेब दिखाते हैं। सलाह दी जाने लगी कि सरकार से बैर भी न लो और विपक्ष को भी महत्त्व दो। पता नहीं ऊँट किस करवट बैठ जाए।

मैं कानपुर के फतेहपुर जिले के गंगा किनारे बसे एक गाँव में था—वहाँ ग्रामीणों की चौपाल लगी थी। यहाँ से कांग्रेस के दिग्गज नेता सलमान खुर्शीद चुनाव मैदान में थे। सामने कुछ ही मीटर पर गंगा बह रही थी। इधर-उधर गायें खुलेआम चर रही थीं। मैं भी उनके बीच जाकर बैठ गया। बातें चल निकलीं। गौवंश के छुट्टा घूमने और फसलें उजाड़ने को लेकर मेरा सवाल था? एक ग्रामीण बोला, 'यह गलती हमारी है। पहले सभी लोग अपनी गायें और भैंसे बाँधकर रखते थे। यदि ध्यान न दिया, तो रात को चोरी हो जाते थे। चरने भेजा, तो दबंग लोग उठाकर ले जाते थे और कत्लखाने भिजवा देते थे। फिर हमारी कोई सुनवाई नहीं थी। थाने में रपट नहीं लिखी जाती थी। उलटे हमें ही डरा-धमकाकर भगा दिया जाता था। कई बार तो हमारे खिलाफ ही रिपोर्ट लिखवा दी जाती थी। अब दबंगों का डर खत्म हो गया है। जानवर खुले में घूम रहे हैं। गाँववालों को बाँधकर रखना चाहिए। अब क्या गायों को फिर से कटने के लिए भिजवा दें? योगीजी ने हमें जीने का अधिकार दिया है। हम चैन की साँस ले पा रहे हैं।' इन्हीं में से एक ग्रामीण की रुलाई फूट पड़ी, बोला, 'आपको गाँव का कुछ पता नहीं है। हमारी बहन-बेटियों के साथ कैसा व्यवहार होता था। कोई भी दबंग घर में घुस जाता था। बहन-बेटियों का घर से निकलना मुश्किल था। बेटियों को पढ़ा नहीं सकते थे। अब सब ठीक है। इस बार वोट मोदीजी को ही देंगे।' उनका कहना था कि प्रत्याशी कौन है, हमें क्या करना है? हमारे लिए तो मोदी और योगी देवपुरुष हैं।

यह एक गाँव की कहानी नहीं थी। मैंने दसियों गाँवों की खाक छानी थी। हर गाँव, हर गली में मोदी-मोदी का नारा गूँज रहा था। जातियों की कोई बात

ही नहीं कर रहा था। वे लोग भी मोदी का गुणगान कर रहे थे, जिन्होंने कभी अपनी जाति की पार्टी से हटकर वोट ही नहीं किया था। तब लगा कि हवा फिर वही चल रही है। मोदी लहर नहीं, यह प्रचंड तूफान था। सरकार के पक्ष में इतनी सकारात्मक लहर न देखी थी, न सुनी थी।

किसान सम्मान निधि

फरवरी 2019 में किसानों के खाते में किसान सम्मान निधि की पहली किश्त जा चुकी थी। इस निधि ने किसानों को नई राह दे दी। अब बीज खरीदने या छोटी-मोटी जरूरतों के लिए साहूकारों के चक्कर काटने से मुक्ति मिल रही थी। यह साहूकार मोटा ब्याज वसूलते थे। ब्याज भी ऐसा कि कभी खत्म ही न हो। किसान एक बार इस चक्कर में फँसा, तो चुका पाना बहुत मुश्किल था। गाँव-गाँव में इस निधि की चर्चा थी। उधर कांग्रेस ने किसानों के खाते में 72,000 रुपए हर साल देने का वादा अपने चुनावी घोषणा-पत्र में कर दिया था। मगर इस वादे पर किसी को भरोसा नहीं था। जब मैंने यह रिपोर्ट अपने सीनियर को दी, तो उन्होंने डाँटकर चुप करा दिया। फिर भी मैंने कहा कि मैं गाँव-गाँव घूमकर आया हूँ। परिणाम बताएँगे कि इतिहास बदल जाएगा। मिथक टूट जाएँगे। भा.ज.पा. प्रचंड बहुमत से आएगी।

वाराणसी के पास के गाँव में कुछ महिलाएँ खेतों में काम कर रही थीं। यह गाँव मूलतः बसपा को वोट करता रहा है। इस बार का मूड बदला हुआ था। इन महिलाओं का कहना था कि पहली बार हमें खुद की छत मिली है। पूरा जीवन झोंपड़ी में आँधी-पानी और बारिश सहकर निकला है। मोदीजी ने हमारी किस्मत बदल दी। तब लगा कि केवल जीत नहीं मिलने जा रही, बल्कि प्रचंड जीत मिलने जा रही है।

अंततः इतिहास रचा, गठबंधन फेल हुआ और भा.ज.पा. का परचम

लोकसभा चुनाव में पिछली बार से भी प्रचंड बहुमत से बी.जे.पी. और एन.डी.ए. की सत्ता में वापसी के बाद प्रधानमंत्री नरेंद्र मोदी ने दिल्ली

स्थित बी.जे.पी. मुख्यालय में कार्यकर्ताओं को संबोधित किया। जनता को धन्यवाद देते हुए उन्होंने कहा कि 130 करोड़ हिंदुस्तानियों ने आज फकीर की झोली भर दी। यह कहना था कि पूरा वातावरण 'मोदी-मोदी' से गूँज उठा। यह भारत का इतिहास बदलने की कहानी थी। एक गरीब का बेटा फिर से गरीबों के दम पर सत्ता के शीर्ष सिंहासन पर बैठा। उन्होंने इस समय जो भाषण दिया, वह ऐतिहासिक था।

□

2

जब मोदी ने कहा, यह जीत देश के लिए

मैं भारत के 130 करोड़ नागरिकों का सिर झुकाकर नमन करता हूँ। लोकतांत्रिक विश्व में 2019 का यह जो मतदान का जो आँकड़ा है, यह अपने आप में लोकतांत्रिक विश्व के इतिहास की सबसे बड़ी घटना है। देश आजाद हुआ, इतने लोकसभा के चुनाव हुए, लेकिन आजादी के बाद इतने चुनाव होने के बाद सबसे अधिक मतदान इस चुनाव में हुआ और वह भी 40-42 डिग्री सेल्सियस गरमी के बीच में। यह अपने आप में भारत के मतदाताओं की जागरूकता, लोकतंत्र के प्रति भारत की प्रतिबद्धता पूरे विश्व को इस बात को रजिस्टर करना होगा, भारत की लोकतांत्रिक शक्ति को पहचानना होगा।

इस अवसर पर मैं इस लोकतंत्र के उत्सव में लोकतंत्र के खातिर जिन-जिन लोगों ने बलिदान दिया है, जो लोग घायल हुए हैं, उनके परिवार-जनों के प्रति मेरी संवेदना प्रकट करता हूँ और लोकतंत्र के इतिहास में लोकतंत्र के लिए मरना, ये मिसाल आनेवाली पीढ़ियों को प्रेरणा देती रहेगी।

मैं चुनाव आयोग को, सुरक्षा बलों को इस लोकतंत्र के उत्सव की व्यवस्था को सँभालनेवालों को, हर किसी को उत्तम तरीके से लोकतंत्र में विश्वास बढ़ाने वाली व्यवस्था देनेवालों, चुनाव प्रक्रिया संपन्न करानेवालों को हृदयपूर्वक बधाई देता हूँ।

वर्ष 2019, जीत के बाद पहला भाषण

फिर मोदी सरकार, बी.जे.पी. को पूरे करने हैं ये वादे

साथियो, जब महाभारत का युद्ध समाप्त हुआ, तब श्रीकृष्ण से पूछा गया कि आप किसके पक्ष में थे। मैं समझता हूँ कि उस समय महाभारत के काल में भगवान् श्रीकृष्ण ने जो जवाब दिया था, वह आज 21वीं सदी में 2019 के चुनाव में हिंदुस्तान के 130 करोड़ जनता ने श्रीकृष्ण के रूप में जवाब दिया है। श्रीकृष्ण ने जवाब दिया था कि मैं किसी के पक्ष में नहीं था, मैं तो सिर्फ हस्तिनापुर के लिए हस्तिनापुर के पक्ष में खड़ा हूँ। इसी तरह 130 करोड़ भारतीय भारत के लिए भारत के पक्ष में मतदान किया। देश के सामान्य मानविकी की भावना भारत के उज्ज्वल भविष्य की गारंटी है।

इस चुनाव में मैं पहले दिन से कह रहा था कि यह चुनाव कोई दल, उम्मीदवार या नेता नहीं लड़ रहा है, यह चुनाव देश की जनता लड़ रही है। जिनके आँख-कान बंद थे, उनके लिए मेरी बात समझना मुश्किल था। लेकिन आज मेरी उस भावना को जनता-जनार्दन ने प्रकट कर दिया है। इसलिए अगर कोई विजयी हुआ है तो हिंदुस्तान विजयी हुआ है, लोकतंत्र विजयी हुआ है, जनता-जनार्दन विजयी हुई है। हम सभी बी.जे.पी. कार्यकर्ता और एन.डी.ए. के साथी इस विजय को जनता-जनार्दन के चरणों में समर्पित करते हैं।

इस लोकसभा के चुनाव में जो विजयी हुए हैं, उन सभी विजेताओं को मैं हृदयपूर्वक बहुत-बहुत बधाई देता हूँ। देश के उज्ज्वल भविष्य के लिए कंधा-से-कंधा मिलाकर सभी विजयी प्रतिनिधि देश की सेवा करेंगे, इस विश्वास के साथ उन सबको शुभकामनाएँ देता हूँ। चार राज्यों के विधानसभा चुनाव में जीतकर आए प्रतिनिधियों और नव-निर्वाचित सरकार का अभिनंदन करता हूँ और उन सभी सरकारों को विश्वास दिलाता हूँ कि बी.जे.पी. भारत के संविधान के प्रति समर्पित है और फेडरलिज्म पर समर्पित है। इसलिए इन चीजों को विजय प्राप्त करनेवाले लोगों को मैं विश्वास दिलाता हूँ कि केंद्र सरकार उन राज्यों की विकास-यात्रा में कंधा-से-कंधा मिलाकर चलेगी।

न रुके, न थके, न झुके

बी.जे.पी. के करोड़ों कार्यकर्ताओं के परिश्रम पर इतना गर्व होता है कि जिस दल में हम हैं, उस दल में ऐसे दिलदार लोग हैं। कोटि-कोटि कार्यकर्ताओं का सिर्फ एक ही भाव भारतमाता की जय, और कुछ नहीं।

हम कभी अपने आदर्शों को ओझल नहीं होने देंगे। न रुके, न थके, न झुके। कभी हम दो हो गए तब भी और आज दोबारा आ गए, तो दो से दोबारा आने की इस यात्रा में अनेक उतार-चढ़ाव आए। दो से कभी निराश नहीं हुए और जब दोबारा आए तो न नम्रता छोड़ेंगे, न संस्कार छोड़ेंगे, न हमारे आदर्शों को छोड़ेंगे।

साथियो, अभी हमारे अध्यक्षजी चुनाव नतीजों के कुछ हाईलाइट बता रहे थे। मैं सोने में व्यस्त था तो नतीजों के बारे में खास नहीं पता। लेकिन जो अध्यक्षजी ने बताया, वह अपने आप में हिंदुस्तान के पॉलिटिकल पंडितों को 20वीं सदी की सोच को छोड़ना पड़ेगा। 21वीं सदी है, यह नया भारत है। यह मोदी का विजय नहीं है, यह देश में ईमानदारी के लिए तड़पते हुए नागरिक की आशा-आकांक्षाओं की विजय है, नौजवान की विजय, आत्मसम्मान और आत्मगौरव के साथ शौचालय के लिए तड़पती उस माँ का विजय है; यह विजय उस बीमार की विजय है, जिसका उपचार नहीं हो पाया था और आज उपचार हुआ। यह उन किसानों की विजय है, जो खुद भूखे पेट रह अन्न उगाता है। यह असंगठित क्षेत्र के 40 करोड़ कामगारों के लिए पेंशन योजना लागू कर उन्हें सम्मान देने की विजय है। जिन बेघरों को घर मिले, उनका विजय है।

यह विजय उस मध्यम वर्ग का है, जो टैक्स देता रहा, लेकिन कभी सम्मान नहीं मिला। पाँच साल में उसने अनुभव किया कि जो दे रहा है, वह सही जगह पर जा रहा है। उस मध्यम वर्ग के संतोष और ईमानदारी को मिली ताकत की जीत है।

30 साल तक लगातार देश में एक ऐसा प्रिंट आउट, एक ऐसा टैग, फैशन हो गई थी कि कुछ भी करो और उसे लगा लो तो आपको गंगास्नान

जैसा पुण्य मिल जाता था, वह भी नकली टैग पर। वह टैग था सेक्युलरिज्म। आपने देखा होगा कि 2014 आते-आते उस पूरी जमात ने इस शब्द को बोलना ही छोड़ दिया। इस चुनाव में कोई भी दल सेक्युलरिज्म का नकाब पहन देश को गुमराह करने की कोशिश नहीं कर पाए।

यह चुनाव ऐसा है, जहाँ एक भी विरोधी ने महँगाई का आरोप नहीं लगाया। यह चुनाव ऐसा है, जिसमें पिछले कोई भी चुनाव उठा लीजिए, हर चुनाव में भ्रष्टाचार बड़ा मुद्दा था, लेकिन यह पहला चुनाव था कि सत्ताधारी दल पर पाँच साल के शासन पर भ्रष्टाचार का एक भी आरोप नहीं लगा। यह चुनावी मुद्दा नहीं बना।

इस चुनाव ने 21वीं सदी की एक मजबूत नींव हमारे सामाजिक-राजनीतिक जीवन के लिए निर्मित की है। मैं चाहता हूँ कि देश का जो उज्ज्वल भविष्य बने, एकता और अखंडता के लिए, भारत और भारत की जनता ने एक नया नैरेटिव देश के सामने रख दिया है। सारे समाजशास्त्रियों को अपनी पुरानी सोच पर पुनर्विचार के लिए देश के गरीब-से-गरीब व्यक्ति ने मजबूर कर दिया। अब देश में सिर्फ दो जाति बचेगी और देश सिर्फ इन दो जातियों पर केंद्रित होने वाला है। ये दो जाति हैं—गरीब और दूसरी जाति है, देश को गरीबी से मुक्त कराने के लिए कुछ-न-कुछ योगदान देनेवालों की। इन दोनों जातियों को सशक्त करना है, ताकि देश से गरीबी का कलंक मिट सके। इस सपने को लेकर हमें चलना है।

दोस्तो, यह चुनाव इसलिए महत्त्वपूर्ण है कि इसी कालखंड में 2019 से 2024, ये पाँच साल का कार्यकाल और प्रचंड जनादेश विश्व को अचंभित करनेवाली घटना है। पल भर याद कीजिए। यही समय है, जब महात्मा गांधी के 150 वर्ष देश मनाएगा। यही समय है कि 2022 में आजादी की 75वीं वर्षगाँठ मनाएगा। 1942 से 1947 में देश का हर व्यक्ति जो कुछ भी करता था, आजादी के लिए करता था। 2019 से 2024 का कालखंड आजादी के सिपाहियों को स्मरण करने का है। आज हम 130 करोड़ लोग हैं, अगर हम संकल्प कर लें कि देश को सभी मुसीबतों से मुक्त करना है, देश को नई

बुलंदी पर ले जाना है, तो 2024 से पहले हम देश को नई ऊँचाई पर ले जा सकते हैं। इसलिए दोस्तो, इस चुनाव को हमें नम्रता से स्वीकारना है। सरकार तो बहुमत से बनती है और जनता ने बना भी दी है, लेकिन लोकतंत्र का संस्कार, भाव, संविधान का स्पिरिट हमें बताता है कि सरकार भले ही बहुमत से बनती है, लेकिन देश सर्वमत से चलता है।

मैं सार्वजनिक तौर पर कहता हूँ कि चुनाव के दौरान मुझे किसने-क्या कहा, उसे पीछे छोड़ चुका हूँ। हमें साथ चलना, सबको साथ लेकर चलना है। संविधान ही सुप्रीम है, उसी की छाया में उसके भाव को पकड़ते हुए चलना है। देश ने हमें बहुत दिया है। मैं आज देशवासियों के सामने भी कुछ कहना चाहता हूँ। मैं देशवासियों को विश्वास दिलाना चाहता हूँ कि आपने इस फकीर की झोली तो भर दी, बड़ी आशा-अपेक्षा के साथ भरी है। मैं इसे भलीभाँति समझता हूँ। मैं देश से कहूँगा कि आप 2014 में मुझे ज्यादा जानते नहीं थे, लेकिन मुझ पर भरोसा किया। 2019 में आपने मुझे ज्यादा जानते हुए मुझ पर और भी ज्यादा भरोसा किया।

बहुत वर्षों के बाद एक चुनी हुई सरकार दूसरी बार पूर्ण बहुमत से और पहले से अधिक ताकत से जीतकर आई है। इसका मतलब है कि देश की जनता का कितना भरोसा है। भरोसा जितना बढ़ता है, जिम्मेदारी और बढ़ता है। आपने मुझे जो दायित्व दिया है, एन.डी.ए. के हमारे साथियों ने जो हमें समर्थन दिया है, मेहनत की है, तो मैं यह जरूर कहना चाहूँगा और इसे मेरा वादा मानिए, संकल्प मानिए, प्रतिबद्धता मानिए कि आपने फिर से मुझे जो काम किया है, मैं आनेवाले दिनों में बदइरादे से, बदनीयत से कोई काम नहीं करूँगा। काम करते-करते गलती हो सकती है, लेकिन बदइरादे, बदनीयत से मैं कोई काम नहीं करूँगा। दूसरी बात, देश ने मुझे इतना ज्यादा भरोसा दिया है तो मैं देशवासियों से फिर कहूँगा कि मैं मेरे लिए कुछ नहीं करूँगा। तीसरी बात, मेरे समय का पल-पल, मेरे शरीर का कण-कण सिर्फ और सिर्फ देशवासियों के लिए। मेरे देशवासी, आप जब भी मेरा मूल्यांकन करें, तो तीन तराजू पर मुझे जरूर कसते रहना। कभी कोई कमी रह जाए,

तो मुझे कोसते रहना, लेकिन मैं देशवासियों को विश्वास दिलाता हूँ कि मैं सार्वजनिक तौर पर जो बातें कहता हूँ, उन्हें जीने की भरपूर कोशिश करूँगा। पन्ना प्रमुख से लेकर राष्ट्रीय प्रमुख तक सभी कार्यकर्ताओं के परिश्रम का अभिनंदन करता हूँ।

□

3

मोदी के 'जय श्रीराम' उद्‌घोष से गूँज उठा देश

उत्तर प्रदेश में राम मंदिर का शिलान्यास हो चुका है। प्रधानमंत्री नरेंद्र मोदी ने जब दंडवत् होकर रामलला को साष्टांग प्रणाम किया, तो पूरा देश 'जय श्रीराम' के उद्‌घोष से गूँज उठा। यह ऐतिहासिक पल था। पीढ़ियों की आस पूरी होने जा रही थी। इस मौके पर प्रधानमंत्री नरेंद्र मोदी ने जो भाषण दिया, वह श्रेष्ठतम भाषणों में से एक था। इस भाषण में राम थे। हमारे राम। जय श्रीराम···

श्रीराम मंदिर भूमि पूजन के अवसर पर प्रधानमंत्री के संबोधन का मूल पाठ

सियावर रामचंद्र की जय!

जय सियाराम।

जय सियाराम।

आज ये जयघोष सिर्फ सियाराम की नगरी में ही नहीं सुनाई दे रहा, बल्कि इसकी गूँज पूरे विश्व भर में है। सभी देशवासियों को और विश्व भर में फैले करोड़ों भारत भक्तों को, राम भक्तों को आज के इस पवित्र अवसर की कोटि-कोटि बधाई।

मंच पर विराजमान यू.पी. की गवर्नर श्रीमती आनंदीबेन पटेलजी, यू.पी. के मुख्यमंत्री योगी आदित्यनाथजी, पूज्य नृत्य गोपालदासजी महाराज और हम सभी के श्रद्धेय श्री मोहन भागवतजी, यह मेरा सौभाग्य है कि श्रीराम

जन्मभूमि तीर्थ क्षेत्र ट्रस्ट ने मुझे आमंत्रित किया, इस ऐतिहासिक पल का साक्षी बनने का अवसर दिया। मैं इसके लिए हृदयपूर्वक श्रीराम जन्मभूमि तीर्थक्षेत्र ट्रस्ट का आभार व्यक्त करता हूँ।

राम काजु कीन्हे बिनु मोहि कहाँ बिश्राम।

भारत आज भगवान् भास्कर के सान्निध्य में सरयू के किनारे एक स्वर्णिम अध्याय रच रहा है। कन्याकुमारी से क्षीरभवानी तक, कोटेश्वर से कामाख्या तक, जगन्नाथ से केदारनाथ तक, सोमनाथ से काशी विश्वनाथ तक, सम्मेद शिखर से श्रवणबेलगोला तक, बोधगया से सारनाथ तक, अमृतसर से पटना साहिब तक, अंडमान से अजमेर तक, लक्ष्यद्वीप से लेह तक, आज पूरा भारत राममय है। पूरा देश रोमांचित है, हर मन दीपमय है। आज पूरा भारत भावुक भी है। सदियों का इंतजार आज समाप्त हो रहा है। करोड़ों लोगों को आज यह विश्वास ही नहीं हो रहा कि वह अपने जीते-जी इस पावन दिन को देख पा रहे हैं।

साथियो, बरसों से टाट और टेंट के नीचे रह रहे हमारे रामलला के लिए अब एक भव्य मंदिर का निर्माण होगा। टूटना और फिर उठ खड़ा होना, सदियों से चल रहे इस व्यतिक्रम से राम जन्मभूमि आज मुक्त हो गई है। मेरे साथ फिर एक बार बोलिए, जय सियाराम, जय सियाराम!

साथियो, हमारे स्वतंत्रता आंदोलन के समय कई-कई पीढ़ियों ने अपना सबकुछ समर्पित कर दिया था। गुलामी के कालखंड में कोई ऐसा समय नहीं था, जब आजादी के लिए आंदोलन न चला हो; देश का कोई भूभाग ऐसा नहीं था, जहाँ आजादी के लिए बलिदान न दिया गया हो। 15 अगस्त का दिन उस अथाह तप का, लाखों बलिदानों का प्रतीक है; स्वतंत्रता की उस उत्कंठ इच्छा, उस भावना का प्रतीक है। ठीक उसी तरह, राम मंदिर के लिए कई-कई सदियों तक, कई-कई पीढ़ियों ने अखंड अविरत एकनिष्ठ प्रयास किया है। आज का यह दिन उसी तप, त्याग और संकल्प का प्रतीक है।

राम मंदिर के लिए चले आंदोलन में अर्पण भी था, तर्पण भी था; संघर्ष भी था, संकल्प भी था। जिनके त्याग, बलिदान और संघर्ष से आज यह स्वप्न

साकार हो रहा है, जिनकी तपस्या राम मंदिर में नींव की तरह जुड़ी हुई है, मैं उन सब लोगों को आज नमन करता हूँ, उनका वंदन करता हूँ। संपूर्ण सृष्टि की शक्तियाँ, राम जन्मभूमि के पवित्र आंदोलन से जुड़ा हर व्यक्तित्व, जो जहाँ है, इस आयोजन को देख रहा है, वह भाव-विभोर है, सभी को आशीर्वाद दे रहा है।

साथियो, राम हमारे मन में गढ़े हुए हैं, हमारे भीतर घुल-मिल गए हैं। कोई काम करना हो, तो प्रेरणा के लिए हम भगवान् राम की ओर ही देखते हैं। आप भगवान् राम की अद्‌भुत शक्ति देखिए। इमारतें नष्ट कर दी गईं, अस्तित्व मिटाने का प्रयास भी बहुत हुआ, लेकिन राम आज भी हमारे मन में बसे हैं, हमारी संस्कृति का आधार हैं। श्रीराम भारत की मर्यादा हैं, श्रीराम मर्यादा पुरुषोत्तम हैं।

इसी आलोक में अयोध्या में राम जन्मभूमि पर, श्रीराम के इस भव्य-दिव्य मंदिर के लिए भूमिपूजन हुआ है। यहाँ आने से पहले मैंने हनुमानगढ़ी का दर्शन किया। राम के सब काम हनुमान ही तो करते हैं। राम के आदर्शों की कलियुग में रक्षा करने की जिम्मेदारी भी हनुमानजी की ही है। हनुमानजी के आशीर्वाद से श्रीराम मंदिर भूमिपूजन का यह आयोजन शुरू हुआ है।

साथियो, श्रीराम का मंदिर हमारी संस्कृति का आधुनिक प्रतीक बनेगा, हमारी शाश्वत आस्था का प्रतीक बनेगा, हमारी राष्ट्रीय भावना का प्रतीक बनेगा, और यह मंदिर करोड़ों-करोड़ लोगों की सामूहिक संकल्प शक्ति का भी प्रतीक बनेगा। यह मंदिर आनेवाली पीढ़ियों को आस्था, श्रद्धा, और संकल्प की प्रेरणा देता रहेगा। इस मंदिर के बनने के बाद अयोध्या की सिर्फ भव्यता ही नहीं बढ़ेगी, इस क्षेत्र का पूरा अर्थतंत्र भी बदल जाएगा। यहाँ हर क्षेत्र में नए अवसर बनेंगे, हर क्षेत्र में अवसर बढ़ेंगे। सोचिए, पूरी दुनिया से लोग यहाँ आएँगे, पूरी दुनिया प्रभु राम और माता जानकी का दर्शन करने आएगी। कितना कुछ बदल जाएगा यहाँ।

साथियो, राम मंदिर के निर्माण की यह प्रक्रिया, राष्ट्र को जोड़ने का उपक्रम है। यह महोत्सव है—विश्वास को विद्यमान से जोड़ने का। नर को

नारायण से, जोड़ने का। लोक को आस्था से जोड़ने का। वर्तमान को अतीत से जोड़ने का। और स्वं को संस्कार से जोड़ने का। आज के यह ऐतिहासिक पल युगों-युगों तक, दिग-दिगंत तक भारत की कीर्ति पताका फहराते रहेंगे। आज का यह दिन करोड़ों रामभक्तों के संकल्प की सत्यता का प्रमाण है।

आज का यह दिन सत्य, अहिंसा, आस्था और बलिदान को न्यायप्रिय भारत की एक अनुपम भेंट है। कोरोना से बनी स्थितियों के कारण भूमिपूजन का यह कार्यक्रम अनेक मर्यादाओं के बीच हो रहा है। श्रीराम के काम में मर्यादा का जैसा उदाहरण प्रस्तुत किया जाना चाहिए, देश ने वैसा ही उदाहरण प्रस्तुत किया है। इसी मर्यादा का अनुभव हमने तब भी किया था, जब माननीय सर्वोच्च न्यायालय ने अपना ऐतिहासिक फैसला सुनाया था। हमने तब भी देखा था कि कैसे सभी देशवासियों ने शांति के साथ, सभी की भावनाओं का ध्यान रखते हुए व्यवहार किया था। आज भी हम हर तरफ वही मर्यादा देख रहे हैं।

साथियो, इस मंदिर के साथ सिर्फ नया इतिहास ही नहीं रचा जा रहा, बल्कि इतिहास खुद को दोहरा भी रहा है। जिस तरह गिलहरी से लेकर वानर और केवट से लेकर वनवासी बंधुओं को भगवान् राम की विजय का माध्यम बनने का सौभाग्य मिला, जिस तरह छोटे-छोटे ग्वालों ने भगवान् श्रीकृष्ण द्वारा गोवर्धन पर्वत उठाने में बड़ी भूमिका निभाई, जिस तरह मावले, छत्रपति वीर शिवाजी की स्वराज स्थापना के निमित्त बने, जिस तरह गरीब-पिछड़े, विदेशी आक्रांताओं के साथ लड़ाई में महाराजा सुहेलदेव के संबल बने, जिस तरह दलितों-पिछड़ों-आदिवासियों, समाज के हर वर्ग ने आजादी की लड़ाई में गांधीजी को सहयोग दिया, उसी तरह आज देश भर के लोगों के सहयोग से राम मंदिर निर्माण का यह पुण्य-कार्य प्रारंभ हुआ है।

जैसे पत्थरों पर श्रीराम लिखकर रामसेतु बनाया गया, वैसे ही घर-घर से, गाँव-गाँव से श्रद्धापूर्वक पूजी शिलाएँ यहाँ ऊर्जा की स्रोत बन गई हैं। देश भर के धामों और मंदिरों से लाई गई मिट्टी और नदियों का जल, वहाँ के लोगों, वहाँ की संस्कृति और वहाँ की भावनाएँ, आज यहाँ की शक्ति बन गई हैं। वाकई यह न भूतो, न भविष्यति है। भारत की आस्था, भारत के लोगों की

सामूहिकता की यह अमोघ शक्ति पूरी दुनिया के लिए अध्ययन का विषय है, शोध का विषय है।

साथियो, श्रीरामचंद्र को तेज में सूर्य के समान, क्षमा में पृथ्वी के तुल्य, बुद्धि में बृहस्पति के सदृश्य और यश में इंद्र के समान माना गया है। श्रीराम का चरित्र सबसे अधिक जिस केंद्रबिंदु पर घूमता है, वह है सत्य पर अडिग रहना। इसीलिए ही श्रीराम संपूर्ण हैं। इसलिए ही वह हजारों वर्षों से भारत के लिए प्रकाश स्तंभ बने हुए हैं। श्रीराम ने सामाजिक समरसता को अपने शासन की आधारशिला बनाया था। उन्होंने गुरु वसिष्ठ से ज्ञान, केवट से प्रेम, शबरी से मातृत्व, हनुमानजी एवं वनवासी बंधुओं से सहयोग और प्रजा से विश्वास प्राप्त किया।

यहाँ तक कि एक गिलहरी की महत्ता को भी उन्होंने सहर्ष स्वीकार किया। उनका अद्‌भुत व्यक्तित्व, उनकी वीरता, उनकी उदारता, उनकी सत्यनिष्ठा, उनकी निर्भीकता, उनका धैर्य, उनकी दृढ़ता, उनकी दार्शनिक दृष्टि युगों-युगों तक प्रेरित करते रहेंगे। राम प्रजा से एक समान प्रेम करते हैं, लेकिन गरीबों और दीन-दुःखियों पर उनकी विशेष कृपा रहती है। इसलिए तो माता सीता, रामजी के लिए कहती हैं—

'दीन दयाल बिरिदु संभारी'।

यानी जो दीन है, जो दुःखी हैं, उनकी बिगड़ी बनानेवाले श्रीराम हैं।

साथियो, जीवन का ऐसा कोई पहलू नहीं है, जहाँ हमारे राम प्रेरणा न देते हों। भारत की ऐसी कोई भावना नहीं है, जिसमें प्रभु राम झलकते न हों। भारत की आस्था में राम हैं, भारत के आदर्शों में राम हैं! भारत की दिव्यता में राम हैं, भारत के दर्शन में राम हैं! हजारों साल पहले वाल्मीकि की रामायण में जो राम प्राचीन भारत का पथ-प्रदर्शन कर रहे थे, जो राम मध्य युग में तुलसी, कबीर और नानक के जरिए भारत को बल दे रहे थे, वही राम आजादी की लड़ाई के समय बापू के भजनों में अहिंसा और सत्याग्रह की शक्ति बनकर मौजूद थे। तुलसी के राम सगुण राम हैं, तो नानक और कबीर के राम निर्गुण राम हैं!

भगवान् बुद्ध भी राम से जुड़े हैं, तो सदियों से यह अयोध्या नगरी

जैन धर्म की आस्था का केंद्र भी रही है। राम की यही सर्वव्यापकता भारत की विविधता में एकता का जीवन-चरित्र है! तमिल में कंब रामायण, तो तेलगू में रघुनाथ और रंगनाथ रामायण हैं। उड़िया में रूइपाद-कातेड़पदी रामायण, तो कन्नड़ में कुमुदेंदु रामायण है। आप कश्मीर जाएँगे, तो आपको रामावतारचरित मिलेगा, मलयालम में रामचरितम् मिलेगी। बाग्ला में कृतिवास रामायण है, तो गुरु गोबिंद सिंह ने तो खुद गोबिंद रामायण लिखी है। अलग-अलग रामायणों में अलग-अलग जगहों पर राम भिन्न-भिन्न रूपों में मिलेंगे, लेकिन राम सब जगह हैं, राम सबके हैं, इसीलिए राम भारत की 'अनेकता में एकता' के सूत्र हैं।

साथियो, दुनिया में कितने ही देश राम के नाम का वंदन करते हैं, वहाँ के नागरिक खुद को श्रीराम से जुड़ा हुआ मानते हैं। विश्व की सर्वाधिक मुसलिम जनसंख्या जिस देश में है, वह है इंडोनेशिया। वहाँ हमारे देश की ही तरह 'काकाविन' रामायण, स्वर्णद्वीप रामायण, योगेश्वर रामायण जैसी कई अनूठी रामायणें हैं। राम आज भी वहाँ पूजनीय हैं। कंबोडिया में 'रमकेर' रामायण है, लाओ में 'फ्रा लाक फ्रा लाम' रामायण है, मलेशिया में 'हिकायत सेरी राम' तो थाईलैंड में 'रामाकेन' है! आपको ईरान और चीन में भी राम के प्रसंग तथा राम कथाओं का विवरण मिलेगा।

श्रीलंका में रामायण की कथा जानकी हरण के नाम सुनाई जाती है, और नेपाल का तो राम से आत्मीय संबंध माता जानकी से जुड़ा है। ऐसे ही दुनिया के और न-जाने कितने देश हैं, कितने छोर हैं, जहाँ की आस्था में या अतीत में राम किसी-न-किसी रूप में रचे-बसे हैं! आज भी भारत के बाहर दर्जनों ऐसे देश हैं, जहाँ वहाँ की भाषा में रामकथा आज भी प्रचलित है। मुझे विश्वास है कि आज इन देशों में भी करोड़ों लोगों को राम मंदिर के निर्माण का काम शुरू होने से बहुत सुखद अनुभूति हो रही होगी। आखिर राम सबके हैं, सब में हैं।

साथियो, मुझे विश्वास है कि श्रीराम के नाम की तरह ही अयोध्या में बननेवाला यह भव्य राम मंदिर भारतीय संस्कृति की समृद्ध विरासत का द्योतक होगा। मुझे विश्वास है कि यहाँ निर्मित होने वाला राम मंदिर अनंतकाल

तक पूरी मानवता को प्रेरणा देगा। इसलिए हमें यह भी सुनिश्चित करना है कि भगवान् श्रीराम का संदेश, राम मंदिर का संदेश, हमारी हजारों सालों की परंपरा का संदेश, कैसे पूरे विश्व तक निरंतर पहुँचे। कैसे हमारे ज्ञान, हमारी जीवन-दृष्टि से विश्व परिचित हो। यह हमारी, हमारी वर्तमान और भावी पीढ़ियों की जिम्मेदारी है। इसी को समझते हुए आज देश में भगवान् राम के चरण जहाँ जहाँ पड़े, वहाँ राम सर्किट का निर्माण किया जा रहा है!

अयोध्या तो भगवान् राम की अपनी नगरी है! अयोध्या की महिमा तो खुद प्रभु श्रीराम ने कही है—

'जन्मभूमि मम पुरी सुहावनि।'

यहाँ राम कह रहे हैं—मेरी जन्मभूमि अयोध्या अलौकिक शोभा की नगरी है। मुझे खुशी कि आज प्रभु राम की जन्मभूमि की भव्यता, दिव्यता बढ़ाने के लिए कई ऐतिहासिक काम हो रहे हैं!

साथियो, हमारे यहाँ शास्त्रों में कहा गया है—'न रामसदृशो राजा पृथिव्यां नीतिवानभूत्।' यानी कि पूरी पृथ्वी पर श्रीराम के जैसा नीतिवान शासक कभी हुआ ही नहीं! श्रीराम की शिक्षा है—'नहिं दरिद्र कोउ, दुःखी न दीना।' कोई भी दुःखी न हो, गरीब न हो। श्रीराम का सामाजिक संदेश है—'प्रहृष्टनरनारीकः समाज उत्सवशोभितः।' नर-नारी सभी समान रूप से सुखी हों। श्रीराम का निर्देश है—'कच्चित्ते दयिताः सर्वे कृषिगोरक्षजीविनः॥' किसान, पशुपालक सभी हमेशा खुश रहें। श्रीराम का आदेश है—'क्वचिद् वृद्धाँश्च बालाँश्च वैद्यमुख्याँश्च राघव। त्रिभिरेतैर्वुभूषसे।' बुजुर्गों की, बच्चों की, चिकित्सकों की सदैव रक्षा होनी चाहिए। श्रीराम का आह्वान है—'जौं सभीत आवा सरनाईं। रखिहउँ ताहि प्रान की नाईं।' जो शरण में आए, उसकी रक्षा करना सभी का कर्तव्य है। श्रीराम का सूत्र है—'जननी जन्मभूमिश्च स्वर्गादपि गरीयसी।' अपनी मातृभूमि स्वर्ग से भी बढ़कर होती है। और भाइयो और बहनो, यह भी श्रीराम की ही नीति है—'भय बिनु होइ न प्रीति।' इसलिए हमारा देश जितना ताकतवर होगा, उतनी ही प्रीति और शांति भी बनी रहेगी।

राम की यही नीति और रीति सदियों से भारत का मार्गदर्शन करती रही

है। राष्ट्रपिता महात्मा गांधी ने इन्हीं सूत्रों, इन्हीं मंत्रों के आलोक में राम-राज्य का सपना देखा था। राम का जीवन, उनका चरित्र ही गांधीजी के रामराज्य का रास्ता है।

साथियो, स्वयं प्रभु श्रीराम ने कहा है—

देशकाल अवसर अनुहारी। बोले बचन बिनीत बिचारी।

अर्थात् राम समय, स्थान और परिस्थितियों के हिसाब से बोलते हैं, सोचते हैं, करते हैं।

राम हमें समय के साथ बढ़ना सिखाते हैं, चलना सिखाते हैं। राम परिवर्तन के पक्षधर हैं, राम आधुनिकता के पक्षधर हैं। उनकी इन्हीं प्रेरणाओं के साथ, श्रीराम के आदर्शों के साथ भारत आज आगे बढ़ रहा है!

साथियो, प्रभु श्रीराम ने हमें कर्तव्य-पालन की सीख दी है, अपने कर्तव्यों को कैसे निभाएँ, इसकी सीख दी है! उन्होंने हमें विरोध से निकलकर बोध और शोध का मार्ग दिखाया है! हमें आपसी प्रेम और भाईचारे के जोड़ से राम मंदिर की इन शिलाओं को जोड़ना है। हमें ध्यान रखना है, जब-जब मानवता ने राम को माना है, विकास हुआ है और जब-जब हम भटके हैं, विनाश के रास्ते खुले हैं! हमें सभी की भावनाओं का ध्यान रखना है। हमें सबके साथ से, सबके विश्वास से सबका विकास करना है। अपने परिश्रम, अपनी संकल्पशक्ति से एक आत्मविश्वासी और आत्मनिर्भर भारत का निर्माण करना है।

साथियो, तमिल रामायण में श्रीराम कहते हैं—

'कालम् ताय, ईण्ड इनुम इरुत्ति पोलाम्।'

भाव यह कि अब देरी नहीं करनी है, अब हमें आगे बढ़ना है!

आज भारत के लिए भी, हम सबके लिए भी भगवान् राम का यही संदेश है! मुझे विश्वास है कि हम सब आगे बढ़ेंगे, देश आगे बढ़ेगा! भगवान् राम का यह मंदिर युगों-युगों तक मानवता को प्रेरणा देता रहेगा, मार्गदर्शन करता रहेगा! वैसे कोरोना की वजह से जिस तरह के हालात हैं, प्रभु राम का मर्यादा का मार्ग आज और अधिक आवश्यक है।

वर्तमान की मर्यादा है—दो गज की दूरी, मास्क है जरूरी। मर्यादाओं का पालन करते हुए सभी देशवासियों को प्रभु राम स्वस्थ रखें, सुखी रखें, यही प्रार्थना है। सभी देशवासियों पर माता सीता और श्रीराम का आशीर्वाद बना रहे।

इन्हीं शुभकामनाओं के साथ सभी देशवासियों को एक बार फिर बधाई!

बोलो सियापति रामचंद्र की...जय !

□

4

भारत के भाल पर राम तिलक

अद्‌भुत नजारा था। देश के सबसे लोकप्रिय प्रधानमंत्री दंडवत् थे। चरणों में लोट गए थे। साष्टांग धरती पर माथा टेके हुए थे। अपने राम के चरणों में। देश ने ऐसा नजारा पहले कभी नहीं देखा था। दिन था 5 अगस्त, 2020। यह ऐतिहासिक पल थे। राम टैंट और टाट से निकलकर मंदिर में विरजाने वाले हैं। आधारशिला रखी प्रधानमंत्री नरेंद्र मोदी ने। इस घटना के साक्षी बने 130 करोड़ भारतीय। 500 साल के बाद यह मंगल घड़ी आई थी। जब हर हिंदू का, हर भारतीय का सपना साकार होने जा रहा था। यह भी संयोग ही कहेंगे कि राम मंदिर आंदोलन में गोरक्षनाथ पीठ का इतिहास रहा है। आज उसी पीठ के योगी आदित्यानाथ मंदिर का निर्माण पूरा कराएँगे। संघ की साधना पूरी हुई। राष्ट्रीय स्वयंसेवक संघ के सर संघचालक श्री मोहन भागवत भी इस शिला-पूजन के प्रमुख मेहमान थे। अयोध्या में मंगलगान गूँज उठे। जय श्रीराम का उद्‌घोष सुनाई देने लगा। मंदिर की नींव में देश की पवित्र नदियों का जल डाला गया। देश के पवित्र मंदिरों की मिट्टी लाई गई। यह सचमुच आह्लादित करनेवाले पल थे। कभी राम मंदिर के नाम पर मुँह फेरनेवाले भी 'राम-राम' जपने लगे।

राम नाम है—संकल्पों का, आदर्श का। राम सिर्फ नाम नहीं। यह तो स्पंदन है, साँसों का। राम रोम-रोम में हैं। राम बसे हर घर में। हमारा अभिवादन राम है। हमारा अभिमान राम है। राम बिना हम निष्प्राण हैं। जन्म से लेकर मरण तक राम हमारे साथ हैं। राम की नगरी है अयोध्या। अयोध्या

आज इठला रही थी। उसके राम को ठिकाना मिलने जा रहा था। अयोध्या की गली-गली सँवर रही गई । मंगलगान गूँज उठे थे। बधाइयाँ और राम धुन से अयोध्या गुंजायमान थी। अयोध्या का नाता हम सबसे बहुत पुराना है। यह हमारी अस्मिता का नाता है। हमारे पुरखों की थाती है। अयोध्या सिर्फ गारे-मिट्टी का शहर नहीं है। यह तो अभिमान है, हमारा मान है। अयोध्या और राम हमारी शिराओं में बहते हैं, रक्त बनकर। साँसों में बसे हैं प्राण बनकर। शुभ घड़ी आ गई है। वर्षों से टेंट में विराजे राम का कलयुग का वनवास भी समाप्त हो रहा है। एक बार फिर राजतिलक की तैयारी है। अयोध्या में फिर दीवाली होगी। मंगल दीप जलेंगे। अब अँधियारा छँटेगा। अयोध्या में राम विराजेंगे। करोड़ों दिलों में धड़कते राम का भव्य मंदिर बनने जा रहा है। देश के लोकप्रिय प्रधानमंत्री नरेंद्र मोदी मंदिर की नींव में पहली ईंट रखते ही इतिहास बदल गया। नए युग की नए इतिहास की नींव पड़ गई। हम सब साक्षी बने, इस बनते इतिहास के। 5 अगस्त का दिन पर्व बन गया। यह भी एक त्योहार बन गया। शताब्दी का नहीं, युगाब्ध का इतिहास बदल गया। बदलते युग के साक्षी बने 130 करोड़ भारतीय। दीप जगमागा उठे। हर घर दीवाली मनाई गई। देश ही नहीं, विदेश में भी इस नजारे को देखा गया।

अयोध्या के विकास को पंख लगे

अयोध्या में सिर्फ मंदिर नहीं बनेगा। यहाँ पूरा ढाँचा बदल जाएगा। छोटी सी नगरी अयोध्या विश्व-मानचित्र पर होगी। यहाँ विकास को पंख लग गए हैं। अयोध्या से नेपाल के जनकपुर तक सर्किट बन रहा है। देश-विदेश के लोग अयोध्या में घर बनाना चाहते हैं। राम की नगरी में रहना चाहते हैं। यहाँ रोजगार की बहार आएगी, धंधे पनपने लगेंगे, किसान चहकने लगेंगे। राम मंदिर-निर्माण के साथ विकास के लिए प्रशासन ने जमीनों का अधिग्रहण शुरू कर दिया है। अयोध्या से दो जिले जुड़े हुए होंगे। इसमें बस्ती मंडल से करीब 50 गाँवों की जमीन अयोध्या में मिलाई जाएगी। यह जमीन सरयू पार के इलाके में पड़ती है। जाहिर है, अयोध्या में मंदिर से मकान तक विकास की धारा बहेगी। गरीब से किसान तक खुशहाल होंगे। अयोध्या के दिन बहुरेंगे।

सृष्टि का आरंभ भी है अयोध्या

अयोध्या का इतिहास बहुत पुराना है। हमारे हर ग्रंथ में अयोध्या का उल्लेख है। अयोध्या ने देखा है—महाराज इक्ष्वाकु का साम्राज्य, महाराज दशरथ का साम्राज्य, राम का राजतिलक, राम का 'राम राज्य'। अयोध्या का न आदि है, न अंत। यह सृष्टि का प्रारंभ है। हमारे शास्त्रों में उल्लेख है कि मनु और सतरूपा सबसे पहले अयोध्या ही आए थे। यहीं से सृष्टि का प्रारंभ माना जाता है। मनु और सतरूपा के पुत्र हुए विवस्वान। विवस्वान के पुत्र हुए इक्ष्वाकु। विवस्वान सूर्य को कहा जाता है। विवस्वान की संतान होने के कारण ही यह वंश सूर्यवंश कहलाया। इक्ष्वाकु अयोध्या के पहले राजा हुए। न केवल अयोध्या के, बल्कि सृष्टि के पहले राजा इक्ष्वाकु ही माने जाते हैं। इक्ष्वाकु की पीढ़ी में राजा दशरथ हुए, दशरथ से राम। राम ने अयोध्या को अमर कर दिया। राम ने अपने वंश की परंपराओं को तोड़ा था। नई मर्यादाएँ स्थापित की थीं। अपने वंश की बहुविवाह प्रथा पर उस कालखंड में राम ने ही विराम लगाया था। बगैर कुल–गोत्र जाने राम ने सीता से परिणय किया था। ऐसे मर्यादा पुरुषोत्तम की अयोध्या का सरयू पाँव पखारती है। सरयू ने देखा है साक्षात् राम को। राम ने सरयू में की हैं जलक्रीड़ाएँ। जब राम वन को गए थे, तब सरयू को ही पार कराया था निषादराज केवट ने सरयू की लहरों ने देखा है, हजारों वर्षों का इतिहास। सरयू नदी नहीं, यह पवित्र धारा है। जो बहती है, हर भारतीय के मन में। सरयू में डुबकी लगाकर हम मोक्ष माँगते हैं। राम माँगते हैं। राम का दर्शन माँगते हैं। सरयू ने देखा है, सृष्टि का आरंभ। तब से लेकर आज तक कल–कल बहती सरयू की हर धारा में मानो राम बसे हैं। अयोध्या का अर्थ है, जो अयुद्ध है, जहाँ युद्ध न होता हो। अयोध्या को अवध्य भी कहा जाता है। अवध्य, यानी जहाँ कोई वध नहीं होता। अवध्य का ही अपभ्रंश है अवध। अवध से ही हमारे राम ने रामराज स्थापित किया था। यह वह राज था, जहाँ कोई भूखा नहीं सोता था। जनता की सेवा ही सबसे बड़ी सेवा थी। राम ने आदर्श स्थापित किए थे। जनता के सुख के लिए राम के त्याग को कौन भूल सकता है। राम के राज में कोई दुःखी नहीं था। हर और खुशहाली थी।

राम की कई कथाएँ हैं। एक कथा में प्रसंग आता है—गुरु विश्वामित्र राम से कहते हैं कि अभी सीता से विवाह कर लो, बाद में और विवाह अपने पिता की इच्छा से कर लेना। तब राम ने कहा था, 'मैं सिर्फ एक ही विवाह करूँगा।' राम का कहना था, 'राजा के रहते हुए प्रजा के एक भी व्यक्ति का मुख मलिन नहीं होना चाहिए।'

अयोध्या ने देखा है काला इतिहास

श्रीराम की जन्मभूमि पर बना भव्य मंदिर चौदहवीं शताब्दी तक बचा रहा। कहते हैं कि सिकंदर लोदी के शासनकाल के दौरान यहाँ मंदिर मौजूद था। चौदहवीं शताब्दी में हिंदुस्तान पर मुगलों का अधिकार हो गया और उसके बाद ही राम जन्मभूमि एवं अयोध्या को नष्ट करने के लिए कई अभियान चलाए गए। अंततः 1527-28 में इस भव्य मंदिर को तोड़ दिया गया और उसकी जगह बाबरी ढाँचा खड़ा किया गया।

कहते हैं कि मुगल साम्राज्य के संस्थापक बाबर के एक सेनापति ने बिहार अभियान के समय अयोध्या में श्रीराम के जन्मस्थान पर स्थित प्राचीन और भव्य मंदिर को तोड़कर एक मसजिद बनवाई थी, जो 1992 तक विद्यमान रही। इस बीच अंग्रेजों का भी राज रहा। मामला कोर्ट में चलता रहा। कई पीढ़ियाँ गुजर गईं। आखिर वह शुभ घड़ी आ ही गई, जब सुप्रीम कोर्ट के आदेश पर मंदिर की आधारशिला रखी गई।

अतीत में भले ही राम ने वनवास भोगा हो, पर जब राम अयोध्या विराजे तो अयोध्या राजधानी बन गई। राम का राजतिलक हुआ। पूरे देश में दीप जगमगाने लगे। दीवाली मनाई जाने लगी। यह पर्व हमारा सबसे बड़ा पर्व बन गया। अयोध्या भारत का भाल है और राम उस भाल के तिलक। □

5

गरीब और अशिक्षित लोग ही हमारे ईश्वर

—योगी आदित्यनाथ

अंत्योदय के प्रणेता पं. दीनदयाल उपाध्याय ने कहा था कि 'हमारी सोच और हमारे सिद्धांत हैं कि गरीब और अशिक्षित लोग हमारे ईश्वर हैं, यही हमारा सामाजिक और मानवीय धर्म है।' इसी विचार को आत्मसात् कर लोककल्याण के लिए कार्य कर रही उत्तर प्रदेश की भारतीय जनता पार्टी की सरकार ने तीन वर्ष पूर्ण कर लिये हैं। मुझे यह कहते हुए हार्दिक प्रसन्नता हो रही है कि हमारी सरकार के ये तीन वर्ष अंतिम पंक्ति में खड़े अंतिम व्यक्ति के उदय के थे।

चुनौतियाँ

इस दौरान हमारी सरकार को कई चुनौतियों का सामना करना पड़ा। मसलन सपा-बसपा के कार्यकाल में प्रदेश की जर्जर हो चुकी स्वास्थ्य सेवाओं को सुदृढ़ करना, नकल माफियाओं पर अंकुश लगाकर गुणवत्तापरक शिक्षा की बहाली और सबसे अहम कार्य प्रदेश की चौपट हो चुकी कानून-व्यवस्था को पटरी पर लाना था, जिसमें हम सफल भी रहे।

आज विकास, विश्वास और सुशासन के साथ देश के समक्ष नया उत्तर प्रदेश खड़ा है। निरोगी प्रदेश के संकल्प को मूर्त रूप प्रदान करने के लिए 'कु-व्यवस्था' के वायरस से संक्रमित आई.सी.यू. में पड़ी स्वास्थ्य व्यवस्था को सुशासन की 'प्राण वायु' प्रदान करना आवश्यक था।

यहाँ यह जानना दिलचस्प है कि प्रदेश में देश के स्वतंत्र होने के 76 साल तक केवल 12 मेडिकल कॉलेज अस्तित्व में थे। अतएव हमने सहज, सुव्यवस्थित और साधन-संपन्न चिकित्सकीय सुविधाओं हेतु मात्र तीन वर्षों में ही सात नए मेडिकल कॉलेज स्थापित कर उनमें एम.बी.बी.एस. की कक्षाएँ प्रारंभ करा दीं। इसके साथ ही, 13 नए मेडिकल कॉलेजों की स्थापना की स्वीकृति भी केंद्र सरकार से प्राप्त की। इस प्रकार, कुल 28 मेडिकल कॉलेजों की सेवाएँ उत्तर प्रदेश को प्राप्त होंगी। यही नहीं, गोरखपुर और रायबरेली में एम्स अपना प्रस्तावित आकार प्राप्त कर रहा है।

स्वास्थ्य सेवाएँ

यह स्वास्थ्य सेवाओं की बेहतरी एवं स्वच्छ भारत अभियान की सक्रियता का परिणाम है कि पूर्वी यू.पी. में चार दशकों से बच्चों में महामारी के रूप में जानी जानेवाली इंसेफेलाइटिस रोगियों की संख्या में 56 प्रतिशत की कमी हुई है तथा 90 प्रतिशत मृत्यु में कमी आई है। प्रदेश के सरकारी अस्पतालों में आमजन की आस्था सरकारी चिकित्सा व्यवस्था पर बढ़ी है। सरकारी अस्पतालों में फिर भीड़ दिखाई पड़ने लगी है। हमने प्रदेश को निरोगी बनाने के संकल्प में एक और रचनात्मक प्रयोग करते हुए संवेदित, सक्रिय और संवर्धित चिकित्सकीय सेवाओं के लिए प्रत्येक रविवार को प्रत्येक प्राथमिक स्वास्थ्य केंद्र पर 'मुख्यमंत्री आरोग्य मेला' का आयोजन प्रारंभ किया है।

दो फरवरी से प्रारंभ हुई इस योजना में लाखों की संख्या में आमजन निःशुल्क सुविधाएँ प्राप्त कर रहे हैं। आज प्रदेश में कोरोना वायरस संक्रमण जैसी किसी भी आपातकालीन स्थिति से निपटने के लिए हमारा स्वास्थ्य विभाग पूर्णतः तैयार है। जन जागरण के बिगुल से लेकर आइसोलेशन वार्ड तक, सरहदी क्षेत्रों की नाकेबंदी से लेकर थर्मल एनालाइजर तक की स्थापना तक, कोई भी प्रयास हमारे सामर्थ्य से बाहर नहीं है। शिक्षा के आलोक में ही कोई भी समाज उन्नति-पथ पर गति कर सकता है। तो सबसे पहले हमने नकल माफियों के चंगुल से शिक्षा को मुक्त कराया।

कृषि

उत्तर प्रदेश में भा.ज.पा. सरकार के समक्ष सबसे चुनौतिपूर्ण कार्य किसानों के चेहरे पर खुशी वापस लाना था। गन्ने की खेती करनेवाले किसान लंबे समय से इंतजार कर रहे थे कि कोई उनकी परेशानी को समझे। भा.ज.पा. के आते ही उनकी परेशानियों का समाधान हुआ और आज उत्तर प्रदेश देश में गन्ना और चीनी उत्पादन में लगातार दूसरी बार प्रथम स्थान पर है। प्रधानमंत्री किसान सम्मान योजना के तहत 12 हजार करोड़ रुपए सीधे किसानों के खातों में भेजे गए। साथ ही किसानों का 36 हजार करोड़ रुपए का ऋण माफ किया और ऐसे करके हमने किसानों से किए अपने वादों को पूरा किया है।

शिक्षा

'ऑपरेशन कायाकल्प' के माध्यम से 92 हजार से अधिक प्राइमरी पाठशालाओं को आधारभूत सुविधाएँ, जैसे बाउंड्रीवाल, शौचालय, पेयजल, विद्युतीकरण आदि से संपन्न किया है। इन विद्यालयों में 45,383 शिक्षकों की भर्ती की गई है तथा 69,000 शिक्षकों की भर्ती अंतिम चरण में है। इसी प्रकार माध्यमिक शिक्षा में भी 55 नए सरकारी इंटर कॉलेज की स्वीकृति दी गई है। यही नहीं वंचना के दंश से पीड़ित श्रमिकों के बच्चों एवं अनाथ बच्चों के जीवन में ज्ञान के आलोक को विस्तारित करने हेतु प्रत्येक मंडल मुख्यालय में अटल आवासीय विद्यालयों की स्थापना की काररवाई को आगे बढ़ाया है।

सदियों से हाशिए पर पड़े वनटांगिया, कोल, मुसहर एवं थारू जनजातियों को समाज की मुख्यधारा से जोड़ने के संकल्प के क्रम में उनके सभी ग्रामों को राजस्व ग्राम घोषित कर सरकार द्वारा संचालित समस्त जन-कल्याणकारी योजनाओं से आच्छादित किया। उन्हें मतदान का अधिकार प्राप्त कराया।

नारी सशक्तीकरण

महिला सशक्तीकरण के लिए भी हमारी सरकार ने बेहतर कार्य किया है। 'मुख्यमंत्री सामूहिक विवाह योजना' के तहत एक लाख से अधिक गरीब कन्याओं को 51 हजार रुपए प्रति लाभार्थी देते हुए योजना से लाभान्वित

किया गया। 'ऐंटी रोमियो स्क्वाड' की स्थापना कर पुलिस के द्वारा मनचलों के विरुद्ध प्रभावी काररवाई की गई। 'बेटी बचाओ-बेटी पढ़ाओ' अभियान के तहत प्रदेश में अच्छा कार्य हुआ है। 'मुख्यमंत्री कन्या सुमंगला योजना' लागू की गई। स्वास्थ्य विभाग और महिला कल्याण विभाग के कार्यक्रमों को प्रभावशाली ढंग से क्रियान्वित किए जाने का परिणाम यह है कि प्रदेश के जनपदों में लिंगानुपात में काफी सुधार हुआ है। निराश्रित महिला पेंशन योजना में लाभार्थियों की संख्या में काफी वृद्धि हुई है। लखनऊ, बदायूँ व गोरखपुर में महिला पी.ए.सी. बटालियन की स्थापना की जा रही है। 'पिंक बस सेवा' की शुरुआत की गई है। इन बसों में महिला कंडक्टर के साथ सुरक्षाकर्मी की तैनाती की जा रही है तथा इन बसों में सी.सी.टी.वी. कैमरे भी लगाए जा रहे हैं।

कानून-व्यवस्था

कानून-व्यवस्था के मोर्चे पर हमें विरासत में अपराधियों के सम्मुख बेबस पुलिस मिली थी। जो 'सेफ जोन' होना चाहिए था, वह स्थान अपराधियों के 'सफारी जोन' थे। फिर हमारी सरकार ने कानून-व्यवस्था को पटरी पर लाने के लिए कठोरतम प्रयास किए। परिणामतः आज अपराधी प्रदेश छोड़कर भाग रहे हैं या जेलों में कैद हैं। बेहतर पुलिसिंग के लिए प्रदेश में 41 नए थाने, 13 नई चौकियाँ स्थापित की गईं। 1.7 लाख पुलिसकर्मियों की भर्ती की गई। लखनऊ तथा गौतमबुद्ध नगर में पुलिस कमिश्नरी प्रणाली को लागू किया गया।

अपराध के प्रति जीरो टॉलरेंस की नीति अपनाते हुए पुलिस-व्यवस्था में व्यापक सुधार हुआ। अपराध के आँकड़ों में बहुत गिरावट आई। डकैती के मामलों में वर्ष 2016 की तुलना में वर्ष 2019 में 59.70 प्रतिशत सुधार हुआ, तो वहीं इसी अवधि में हत्या के मामलों में 47.09 प्रतिशत की कमी आई। कश्मीर में धारा-370 के निर्मूलन के आदेश के समय अयोध्या में श्रीराम जन्मभूमि विवाद मामले में निर्णय के समय प्रशासन और पुलिस के प्रभावी नियंत्रण का ही परिणाम था कि पूरे प्रदेश में एक भी हिंसात्मक घटना नहीं हुई।

नागरिकता संशोधन कानून के विरोध में कुछ अराजक तत्त्वों ने सुनियोजित तरीके से कानून-व्यवस्था को खराब करने का असफल प्रयास किया, किंतु बाद में इसे भी प्रभावी और परिणामदायक ढंग से नियंत्रित कर लिया गया। उपद्रवियों को चिह्नित कर उनके द्वारा नष्ट की गई संपत्तियों की क्षतिपूर्ति उपद्रवियों से ही की गई, तो उ.प्र. शासन के इस प्रयास को पूरे देश में व्यापक समर्थन भी मिला। पंजाब और हरियाणा उच्च न्यायालय ने प्रदेश की बेहतर कानून-व्यवस्था को सराहा और कहा कि उ.प्र. की तर्ज पर अपराधियों के खिलाफ कड़ा कानून लागू किया जाए। यह उपद्रवियों व उनके रहनुमाओं पर बड़ी चोट थी।

यह कुशल नियोजन व अनुशासित व्यवस्था का ही सुफल है कि प्रदेश में प्रति व्यक्ति आय की दर में अनवरत वृद्धि हो रही है। आँकड़ों में कहें तो 2014-15 में प्रति व्यक्ति आय 42,267 रुपए थी, जो वर्तमान में बढ़कर 70,419 रुपए हो गई है। यह हमारी पारदर्शी व्यवस्था की उपलब्धि ही कही जाएगी कि विगत तीन वर्षों में प्रदेश सरकार द्वारा तीन लाख लोगों को प्रदान की गईं सरकारी नौकरियाँ, विवाद मुक्त हैं। मेरे लिए यह निजी संतुष्टि का विषय है कि इन तीन वर्षों में प्रदेश कई क्षेत्रों में देश में शीर्ष पर पहुँचा है। कौशल विकास नीति, राज्य स्वास्थ्य नीति लागू कर एवं मानव-वन्य जीव संघर्ष को आपदा घोषित करने में उत्तर प्रदेश देश का पहला राज्य बना। इ-मार्केट (जेम) के अंतर्गत सर्वाधिक खरीदारी करने में भी टॉप वायर पुरस्कार हासिल कर देश में पहला स्थान प्राप्त किया।

प्रधानमंत्री आवास योजना में 09, मनरेगा में 07, रूर्बन मिशन में 02, आजीविका मिशन में 01, ग्राम स्वराज अभियान में 01 और एन.आई.आर.डी. पी. में 01 पुरस्कार प्राप्त हुए। तीन वर्ष में ही मातृ मृत्यु-दर में सबसे अधिक 30 प्रतिशत गिरावट आई। पोषण माह के लिए सर्वोच्च पुरस्कार मिला। स्वच्छता सर्वेक्षण में प्रदेश के 14 निकाय सम्मानित हुए एवं सर्वाधिक तिलहन उत्पादन के लिए 'कृषि कर्मण पुरस्कार' मिला। द मिलियन फार्मर्स स्कूल (किसान पाठशाला) योजना जैसे अभिनव प्रयोग को देश-विदेश में लागू

करने की अनुशंसा की गई, तो 'एक जनपद-एक उत्पाद योजना' को भारत सरकार ने देश के हर जनपद में लागू करने योग्य योजना कहा।

अन्य उपलब्धियाँ

महिला सशक्तीकरण के तहत वन स्टॉप सेंटर स्थापित करने के लिए नारी शक्ति पुरस्कार, डिजिटल भूमि प्रणाली के लिए राष्ट्रीय इ-गवर्नेंस पुरस्कार, अधिक विद्युत् संयोजन के लिए सौभाग्य योजना पुरस्कार, दिव्यांगजन सशक्तीकरण के लिए तीन राष्ट्रीय पुरस्कार भी मिले।

दुग्ध, चीनी, गन्ना, खाद्य उत्पादन में भी प्रदेश प्रथम स्थान पर है। देश में सबसे ज्यादा चिकित्सा संस्थानों की स्थापना एवं संचालन में भी प्रदेश अग्रणी है। यह पुरस्कार हमें नित नया अभिनव करने को प्रोत्साहित करते हैं। इन सबसे प्रदेश की पहचान विकसित प्रदेश के रूप में हो रही है। गाँव, गरीब, किसान, महिला, मजदूर, नौजवान सहित सभी के हित-कल्याण के लिए हम प्रतिबद्ध हैं। 23 करोड़ लोगों की विशाल आबादी वाला उत्तर प्रदेश सकारात्मक उत्पादक परिवर्तन लाते हुए माननीय प्रधानमंत्री श्री नरेंद्र मोदीजी की भावनानुरूप वन ट्रिलियन डॉलर इकोनॉमी बनने की ओर अग्रसर है।

निवेश एवं आधारिक संरचना

अंत्योदय से राष्ट्रोदय की संकल्पना को मूर्त रूप प्रदान करती हमारी वैचारिक दृष्टि अवध के मन, पूर्वांचल की आशा, बुंदेलखंड की अपेक्षा और पश्चिमांचल की अभिलाषा को संतुष्ट करने के क्रम में अनवरत प्रयत्नशील है। भ्रष्टाचार और कदाचार में लिप्त प्रत्येक व्यक्ति पर हमारी व्यवस्था द्वारा जीरो टॉलरेंस के तहत की जा रही काररवाइयाँ, प्रदेश में 'बदली हुई व्यवस्था' का संदेश देने में सफल हुई हैं। और यही संदेश हमारी पूँजी है। बजट योजनाओं का वित्तीय ढाँचा होता है। देश के सबसे बड़े प्रदेश उ.प्र. के समावेशी विकास के लिए हमने इस वर्ष 05 लाख 12 हजार 860 करोड़ 72 लाख रुपए का बजट प्रस्तुत किया, जो प्रदेश के इतिहास का सबसे बड़ा बजट है।

□

6

गणित को केमिस्ट्री में बदला सुनील बंसल ने

लोकसभा चुनाव 2019 की डगर भा.ज.पा. के लिए कठिन लग रही थी। उ.प्र. में ब.स.पा. और स.पा. के बीच गठबंधन हो चुका था। राज्य सरकार के काम की भी परीक्षा होनी थी। प्रधानमंत्री नरेंद्र मोदी ने गरीबों के लिए जो योजनाएँ चलाई थीं, वे धरातल पर थीं। लोगों के घरों में गैस पहुँच चुकी थी। पक्के घर मिलने लगे थे। जिनकी झोंपड़ियाँ हर बरसात और आँधी में ढह जाती थीं, उन्हें पक्की छत मिल चुकी थी। घर में शौचालय बन चुके थे। ऐसी छोटी-बड़ी कई योजनाएँ थीं, जो बगैर किसी भेदभाव के सीधे लोगों को मिल चुकी थीं। सबसे बड़ी चुनौती थी, इन योजनाओं को वोट में तब्दील करना। लाभार्थियों को बताना कि प्रधानमंत्री मोदी ने उनके जीवन को बदल दिया। यह सचमुच बड़ा काम था। प्रदेश के संगठन मंत्री श्री सुनील बंसल ने संगठन को मथना शुरू किया। वह जानते थे कि गरीबों के कल्याण की योजनाएँ 100 से ज्यादा थीं। ऐसे में हरेक के घर पहुँचना एक बड़ी चुनौती था। इन सभी योजनाओं में चमत्कार का काम किया 'उज्ज्वला योजना' ने। इस योजना में गरीब परिवार को मुफ्त में गैस कनेक्शन दिया गया। योजना की शुरुआत बलिया जिले से गृहमंत्री अमित शाह ने की। इन योजनाओं को लेकर संगठन मंत्री श्री सुनील बंसल ने पूरा खाका तैयार कर लिया था। केंद्रीय संगठन से कहा गया कि इन योजनाओं के लाभार्थियों से व्यक्तिगत संपर्क किया जाए। क्रमबद्ध तरीके से इन लोगों से संपर्क किया गया। यह एक चमत्कार से कम नहीं था।

डाटा जुटाना

संगठन मंत्री सुनील बंसल कहते हैं कि हमने अपने बूथ स्तर तक के कार्यकर्ता को एक पत्रक दिया। यह एक फॉरमेट था, जिसमें पता करना था कि कितनों को गैस कनेक्शन मिला, कितनों के घर शौचालय बने, कितने आवास मिले। ऐसे ही अलग-अलग योजनाओं का ज़िक्र उस फॉरमेट में था। यह डाटा लगभग 3 करोड़ 50 लाख का था। व्यक्तिगत स्तर पर इन सभी से मिलना था। सबसे पहले केंद्र सरकार के लाभार्थियों की सूची बनाने का काम दिया गया। यह काम कोई छह महीने तक चला। इसके बाद पूरे डाटा को डिजिटल किया गया। सुनील बंसल कहते हैं कि हमने कॉल सेंटर बनाए। जो डाटा कलेक्ट किया था, उसके आधार पर सभी लाभार्थियों को फोन करके पूछा गया कि क्या उन्हें योजना का लाभ मिला? इससे क्रॉस चेकिंग तो हुई ही, लाभ पानेवाले परिवार के घर में एक बार फिर हमारी पहुँच हो गई। एक गाँव का डाटा इकट्ठा किया गया। यह डाटा गाँव वाइज, योजना वाइज, फिर इसमें कितनी महिलाओं को लाभ मिला, कितने पुरुष थे, कितने युवा थे, किस जाति के हैं—इस प्रकार संगठन के पास हर गाँव का डाटा आ चुका था। अब कोई पौने तीन करोड़ का यह डाटा भा.ज.पा. के पास था। यह बहुत बड़ा काम संगठन कर चुका था।

नरेंद्र मोदी का नाम हरेक तक पहुँचाया

अब बारी थी डाटा के आधार पर संपर्क करने की। श्री सुनील बंसल के मुताबिक हमने सूची को बूथ वाइज बनाकर कार्यकर्ता तक पहुँचा दिया। इस सूची के आधार पर प्रत्येक लाभार्थी के घर-घर जाना था। हर कार्यकर्ता को एक हैंडबिल दिया गया। इसमें प्रधानमंत्री नरेंद्र मोदी के बारे में बताया गया था। मकसद था लाभार्थी को यह बताना कि मोदीजी के आने के बाद कैसे उनकी जिंदगी में बदलाव आया। इस अभियान के तहत अब ढाई करोड़ लोगों से संपर्क करना था। 15 दिन यह अभियान चला। इस जनसंपर्क के दौरान जो अनुभव सामने आए, वे बेहद चौंकानेवाले थे। श्री

सुनील बंसल बताते हैं कि इस अभियान में सभी दलों के लोग मिले। इनमें सपा के वोटर भी थे, तो बसपा के वोटर भी। यहाँ तक कि मुसलिम को भी, क्योंकि योजना का लाभ देने का आधार था 2011 की जनगणना में, जो भी परिवार गरीबी रेखा के नीचे हैं या जिन्हें गरीब मान लिया गया, उन्हें लाभ मिला है। इसमें किसी तरह का भेदभाव नहीं किया गया। लाभ देते वक्त तुष्टीकरण नहीं हुआ। जबकि पूर्ववर्ती सरकारों में यही होता था। 'सबका साथ, सबका विकास' का मूल मंत्र योजनाओं के लाभ देने में साफ दिख रहा था। सबसे बड़ी बात यह थी कि किसी की भी सिफारिश पर न तो नाम काटा जा सकता था और न ही जोड़ा जा सकता था। हाँ, कभी-कभी प्रधान नाम देने में विलंब कर देता था। लेकिन वह भी किसी को वंचित नहीं कर सकता था। इन योजनाओं का लाभ यह हुआ कि जो भा.ज.पा. के विरोधी थे, उनका भा.ज.पा. के प्रति रवैया नरम हुआ। वे अब मोदीजी और भा.ज.पा. के खिलाफ नहीं बोल रहे थे। जिन घरों में संपर्क किया गया, उस घर पर प्रधानमंत्री मोदी का स्टीकर लगाया गया। इस स्टीकर पर कुछ लिखा नहीं था, सिर्फ मोदीजी की तसवीर थी। इसका लाभ भी हुआ। जिस घर पर स्टीकर लग गया, यानी उस परिवार को केंद्र की योजना का लाभ मिल चुका था।

महिला संपर्क अभियान

श्री सुनील बंसल ने बताया कि महिलाओं में जाति की भावना नहीं होती। न ही वे जाति को लेकर चर्चा करती दिखाई देती हैं। वे जब मिलती हैं तो बहुत जल्दी एक-दूसरे की भावना को समझ जाती हैं। कोई अपरिचित महिला भी किसी से मिलती है, तो बहुत जल्दी घुल-मिल जाती है। महिलाएँ एक-दूसरे को बेहतर समझती हैं। वे जब मिलती हैं तो एक-दूसरे को देखकर मुसकराती हैं, बातचीत शुरू कर देती हैं। उनके भीतर जो जातिगत भावनाएँ होती हैं, तो घर पुरुषों द्वारा गाइड की हुई होती हैं। उनका मूल स्वभाव जाति पर चर्चा का नहीं है। वे अपनत्व बाँटती हैं। यही सोचकर

महिलाओं से बात करने के लिए महिलाओं को फील्ड में उतारा गया। 12 से 28 फरवरी, 2019 तक महिला लाभार्थी संपर्क अभियान चलया गया। महिलाओं की छोटी-छोटी पंचायत की गई। कहीं 20, तो कहीं 25 महिलाओं को एक जगह बुलाकर एकत्र किया गया। इन पंचायतों में महिलाओं को मोदीजी के द्वारा लाई गई योजनाओं की जानकारी दी गई।

तीन तलाक

इस संपर्क अभियान में एक बात यह निकलकर आई कि मुसलिम महिलाएँ इस बार खामोश थीं। तीन तलाक से उन्हें आजादी मिली थी। जिनके घर बेटियाँ थीं, वे बोल कुछ नहीं रही थीं, मगर उनके चेहरे पर संतोष पढ़ा जा सकता था। वे जानती थीं कि इस एक निर्णय ने उनका पूरा जीवन बदल दिया था। चुनाव में इसका परिणाम देखने को मिला। इस बार मुसलिम महिलाओं का वोट प्रतिशत अन्य चुनावों की अपेक्षा कम रहा। उन्हें वोट डालने नहीं जाने दिया गया। वे जानते थे कि यदि ये वोट डालने जाएँगी तो भा.ज.पा. को वोट दे आएँगी।

कमल ज्योति अभियान

यह बहुत बड़ा अभियान था। इस अभियान को तहत तय किया गया कि जिन लोगों को योजनाओं का लाभ मिला है, वे अपने घर 26 फरवरी को एक दीपक जलाएँ। कमल की आकृति का एक दीपक बनाया गया। लगभग ढाई करोड़ घरों तक दीपक पहुँचाया गया। सभी से आग्रह था कि वे 26 फरवरी, 2019 की शाम 6 बजे अपने घर के आँगन में एक दीपक जलाएँ। कमल दीप जलाने की शुरुआत देश के गृहमंत्री श्री अमित शाह ने गाजीपुर से की। श्री सुनील बंसल कहते हैं कि मुसलिम परिवारों ने भी यह दीपक जलाया। बूथ के कार्यकर्ताओं की मेहनत रंग लाई और 'कमल ज्योति' कार्यक्रम एक पर्व बन गया।

ग्राम चौपाल

लाभार्थियों के संपर्क का अभियान पूरा हो चुका था, मगर सतत मेहनत जारी थी। अब बारी थी ग्राम चौपालों की। हर गाँव में ग्राम चौपाल लगाई गई। इन चौपालों में स्थानीय स्तर पर जो जन-समस्याएँ थीं, उन्हें सुना गया। यह चौपाल सरकार ने भी लगवाई और संगठन ने भी। इनका असर यह हुआ कि छोटी-छोटी समस्याओं का निराकरण मौके पर होता गया। अब भा.ज.पा. का अंडर करंट काम करने लगा था।

मैथमेटिक्स नहीं केमिस्ट्री

जहाँ सपा-बसपा गठबंधन करके अपने वोट का मैथमेटिक्स तय कर रहे थे। उनका फॉर्मूला पुराना था—यादव, दलित और मुसलिम। वोट जोड़ लिये और जीत तय कर ली। उधर सुनील बंसल केमिस्ट्री बना रहे थे, जिसमें पिछड़े, युवा, महिला, दलित सभी वर्गों के कल्याणकारी काम और उनसे संपर्क था। परिणाम सामने था—सारे मिथक टूट गए। गणित फेल हो गया। केमिस्ट्री काम आई। लोकसभा चुनावों में भा.ज.पा. का परचम लहराने लगा। महागठबंधन पर यह ऐतिहासिक जीत थी, जिसकी कल्पना शायद भा.ज.पा. ने भी नहीं की थी।

□

7

उ.प्र. की राजनीति में योगी की धमाकेदार एंट्री

5 जून, 1972 को जनमे योगी आदित्यनाथ के मुख्यमंत्री बनने की कहानी भी कम दिलचस्प नहीं रही थी। बात दो दशक पहले की है। गोरखपुर शहर के मुख्य बाजार गोलघर में गोरखनाथ मंदिर से संचालित इंटर कॉलेज में पढ़नेवाले कुछ छात्र एक दुकान पर कपड़ा खरीदने आए और उनका दुकानदार से विवाद हो गया। दुकानदार पर हमला हुआ, तो उसने रिवॉल्वर निकाल ली।

दो दिन बाद दुकानदार के खिलाफ काररवाई की माँग को लेकर एक युवा योगी की अगुवाई में छात्रों ने उग्र प्रदर्शन किया और वे एस.एस.पी. आवास की दीवार पर भी चढ़ गए।

यह योगी आदित्यनाथ थे, जिन्होंने कुछ समय पहले ही 15 फरवरी, 1994 को नाथ संप्रदाय के सबसे प्रमुख मठ गोरखनाथ मंदिर के उत्तराधिकारी के रूप में अपने गुरु महंत अवेद्यनाथ से दीक्षा ली थी।

राजनीति में एक 'एंग्री यंग मैन' की यह धमाकेदार एंट्री थी

यह वही दौर था, जब गोरखपुर की राजनीति पर दो बाहुबली नेताओं हरिशंकर तिवारी और वीरेंद्र प्रताप शाही की पकड़ कमजोर हो रही थी। युवाओं खासकर गोरखपुर विश्वविद्यालय के छात्र नेताओं को इस 'एंग्री यंग मैन' में हिंदू महासभा के अध्यक्ष रहे महंत दिग्विजय नाथ की 'छवि'

दिखी और वे उनके साथ जुड़ते गए। अब वही योगी 'हिंदुत्व के सबसे बड़े फायरब्रांड नेता' के रूप में स्थापित हो चुके हैं। दिल्ली के बाद बिहार में करारी हार से उ.प्र. में अपने प्रदर्शन को लेकर चिंतित भा.ज.पा. में पिछले ही साल उन्हें मुख्यमंत्री पद के चेहरे के रूप में पेश करने की चर्चा हो रही थी।

2016 मार्च में गोरखनाथ मंदिर में हुई भारतीय संत सभा की चिंतन बैठक में आर.एस.एस. के बड़े नेताओं की मौजूदगी में योगी आदित्यनाथ को मुख्यमंत्री बनाने का संकल्प लिया गया। तब संतों ने कहा, "अब केंद्र में अपनी सरकार है। सुप्रीम कोर्ट का फैसला हमारे पक्ष में आ जाए, तो भी प्रदेश में मुलायम या मायावती की सरकार रहते राम जन्मभूमि मंदिर नहीं बन पाएगा। इसके लिए हमें योगी आदित्यनाथ को मुख्यमंत्री बनाना होगा।"

भारतीयता के लिए समर्पित

हिंदुत्व, राष्ट्रवाद, विकास, राजनीति, लोकतंत्र, सनातन मूल्यों का संरक्षण, गोहत्या के विरुद्ध, लव जेहाद के विरुद्ध, तुष्टीकरण के विरुद्ध, माँ भारती और भारतीयता के लिए समर्पित, नाथ संप्रदाय के शीर्ष पुरुष, गोरक्षपीठाधीश्वर, पाँच बार लोकसभा में गोरखपुर के प्रतिनिधि, अब भारतवर्ष के सबसे बड़ी जनसंख्या वाले राज्य उत्तर प्रदेश के मुख्यमंत्री, शास्त्र और शस्त्र के समन्वयक, एक हाथ में माला और एक हाथ में भाला, विश्व में हिंदुत्व के प्रखर पुरुष के रूप में स्थापित—ये हैं योगी आदित्यनाथ, लोग इनको 'हिंदुआ सूर्य' भी कहते हैं।

आज के आदित्यनाथ वही हैं, जिनका जन्म पौड़ी जिले (अब उत्तराखंड) के पंचेर गाँव में नंद सिंह बिष्ट के घर 5 जून, 1972 को अजय सिंह बिष्ट के नाम से हुआ था। योगी आदित्यनाथ बनने से पूर्व अजय सिंह बिष्ट दो बार गोरखनाथ मंदिर आकर महंत अवेद्यनाथजी से मिले तो थे, लेकिन वापस अपने गाँव लौट गए थे। जब तीसरी बार गोरखपुर आए, उसके बाद कुछ ऐसा संयोग बन गया कि गोरखनाथ मंदिर और गोरखपुर के ही होकर रह गए।

विद्यार्थी परिषद् से गोरक्षपीठाधीश्वर और फिर मुख्यमंत्री

14 सितंबर, 2015 को उनके जीवन में नया अध्याय जुड़ गया। महंत अवेद्यनाथ के समाधिस्थ होने के साथ ही बेशुमार लोगों और संत समाज के गण्यमान्य लोगों के बीच उन्होंने गोरक्षपीठाधीश्वर का दायित्व सँभाल लिया। वैसे उनके राजनीतिक जीवन की शुरुआत छात्र जीवन से ही हो गई थी। गढ़वाल विश्वविद्यालय से बी.एस-सी. की डिग्री हासिल करने तक उनकी गिनती अखिल भारतीय विद्यार्थी परिषद् के प्रखर कार्यकर्ताओं के रूप में होने लगी थी। नाम के अनुरूप बाल्यावस्था से हर काम की तेजी से अजय ने न सिर्फ अपने अजेय भाव का प्रदर्शन किया, बल्कि कम उम्र में संत पंथ को अपनाकर न सिर्फ आदित्यनाथ बन गए, बल्कि वोटों की शक्ल में आम लोगों का दिल जीतकर 1998 में सबसे कम उम्र के सांसद बनने का गौरव भी हासिल किया।

प्रारंभिक जीवन

योगी आदित्यनाथजी की जीवन-यात्रा की कहानी किसी फिल्मी कथानक से कम नहीं है। महज 22 साल की उम्र में परिवार त्यागकर वे योगी स्वरूप में आ गए। 1993 से अपना केंद्र गोरखपुर बना लिया और गोरखनाथ मंदिर में निरंतर बढ़ते सेवाभाव ने उन्हें 15 फरवरी, 1994 को उनको गोरक्षपीठाधीश्वर के उत्तराधिकारी की पदवी तक पहुँचा दिया। इसके बाद 1998 में जब फिर लोकसभा चुनाव की घोषणा हुई, तो गोरक्षपीठाधीश्वर ने अपनी सियासी विरासत भी उन्हें सौंपते हुए चुनाव लड़ाने का फैसला लिया, क्योंकि पूर्व महंत दिग्विजय नाथ और अवेद्यनाथ इससे पहले चुनाव लड़ चुके थे। इस चुनाव को जीतकर उन्हें सबसे कम उम्र का सांसद बनने का गौरव हासिल हुआ। उसके बाद से वह लगातार पाँचवीं बार चुनाव जीतकर बाल्यावस्था के अपने नाम के अनुरूप खुद के अजेय भाव को प्रदर्शित कर रहे हैं। एक कार्यक्रम के दौरान उनके भाषण ने ब्रह्मलीन महंत अवेद्यनाथ को प्रभावित किया और उनके आह्वान पर राम जन्मभूमि आंदोलन से जुड़

गए। गतिविधियों के साथ काम के प्रति समर्पण का भाव बढ़ता देख महंत अवेद्यनाथ ने उन्हें अपना शिष्य बनाने की हामी भर दी। 1996 के लोकसभा चुनाव में जब महंत अवेद्यनाथ गोरखपुर संसदीय सीट से भा.ज.पा. के टिकट पर चुनाव मैदान में थे, तो चुनाव का कुशल संचालन करके उन्होंने अपनी राजनीतिक सूझ-बूझ का खासा परिचय दिया।

पूर्वांचल और योगी

जब संपूर्ण पूर्वी उत्तर प्रदेश जेहाद, धर्मांतरण, नक्सली व माओवादी हिंसा, भ्रष्टाचार तथा अपराध की अराजकता में जकड़ा हुआ था। उसी समय नाथ पंथ के विश्वप्रसिद्ध मठ श्री गोरक्षनाथ मंदिर गोरखपुर के पावन परिसर में शिव गोरक्ष महायोगी गोरखनाथजी के अनुग्रह स्वरूप माघ शुक्ल 5 संवत् 2050 तदनुसार 15 फरवरी, 1994 की शुभ तिथि पर गोरक्षपीठाधीश्वर महंत अवेद्यनाथ ने अपने उत्तराधिकारी के रूप में योगी आदित्यनाथ का दीक्षाभिषेक संपन्न किया। अपने धार्मिक उत्तरदायित्व का निर्वहन करने के साथ-साथ योगी निरंतर समाज से जुड़ी समस्याओं के निवारण के लिए प्रयास करते रहते हैं। व्यक्तिगत समस्याओं से लेकर विकास योजनाओं तक की समस्याओं का हल वे बहुत ही धैर्यपूर्वक निकालते हैं।

हिंदू जनमानस में अपनी खास पहचान रखनेवाला गोरखपुर का 'गोरक्ष पीठ' नाम का मठ नाथ संप्रदाय के हठ-योगियों का गढ़ रहा। जाति-पाँति से दूर इस संप्रदाय की शाखा तिब्बत, अफगानिस्तान, पाकिस्तान से लेकर पूरे पश्चिम-उत्तर भारत में फैली थी। नाथ संप्रदाय को गुरु मच्छेंद्र नाथ और उनके शिष्य गोरखनाथ को हिंदू समेत तिब्बती बौद्ध धर्म में महासिद्ध योगी माना जाता है। रावलपिंडी शहर को बसाने वाले राजपूत राजा बप्पा रावल गोरखनाथ को अपना गुरु मानते थे। इन्हीं की प्रेरणा से मोरी (मौर्या) सेना को एकत्र कर महमूद बिन कासिम के नेतृत्व में अरब हमलों से भारत की रक्षा की। आज उसी प्रकार से 'समाज की रक्षा' गोरखनाथ मठ के उत्तराधिकारी होने के नाते योगी आदित्यनाथ कर रहे हैं। योगी की कर्मभूमि उत्तर प्रदेश का

पूर्वी हिस्सा है। गोरखपुर मंडल के देवरिया, गोरखपुर, कुशीनगर, महाराजगंज, बस्ती मंडल के बस्ती, संत कबीर नगर, सिद्धार्थ नगर और आजमगढ़ मंडल के आजमगढ़, बलिया, मऊ जिले शामिल हैं। ये तीनों मंडल एक खास विचारधारा से प्रभावित हो सांप्रदायिकता का जवाब सांप्रदायिकता की राजनीति की तरफ आकृष्ट हुए हैं। कई दशकों से मठ आधारित यह राजनीति अपने शुरुआती दिनों के नरम हिंदुत्व से उग्र हिंदुत्ववादी हो चुकी है, तो इसका श्रेय योगी आदित्यनाथ के तीखे तेवरों को ही जाता है। पूर्व में इसी विचारधारा के तहत महंत अवेद्यनाथ ने 1989 और 1991 में गोरखपुर से लोकसभा का चुनाव जीता व उनके बाद से उनके उत्तराधिकारी बने योगी आदित्यनाथ ने लगातार 1998, 1999, 2004, 2009 और 2014 के चुनाव जीतकर अपनी राजनीति में सफल होने का प्रमाण दिया।

सफल लोकप्रतिनिधि

जनप्रतिनिधि के रूप में उन्होंने जापानी इंसेफेलाइटिस से बचाव और उसके उपचार के लिए उल्लेखनीय प्रयास किए, उसके अलावा गोरखपुर में सफाई व्यवस्था व राप्ती नदी पर बाँध बनवाने जैसे कई विकास के कार्य कराए हैं। सदियों से श्रद्धा का केंद्र रहनेवाले गोरखनाथ पीठ के महंत होने की वजह से वे कभी भी मतदाता के सामने हाथ नहीं जोड़ते। उलटे मतदाता उनके पैर छूकर आशीर्वाद माँगते हैं। सांसद होने के नाते कोई समस्या बयान करता, तो वे सरकारी प्रक्रिया का इंतजार किए बिना तुरंत संबंधित अधिकारी से बात कर समस्या का अपने स्तर पर निपटारा कर देते हैं। कुछ वर्ष पहले एक माफिया डॉन के द्वारा उनके एक मतदाता के मकान पर कब्जे से क्षुब्ध योगी ने सीधे ही उस मकान पर पहुँच अपने समर्थकों के द्वारा उसे कब्जे से मुक्त करवा दिया।

धर्म परिवर्तन के खिलाफ मुहिम

राजनीति के मैदान में आते ही योगी आदित्यनाथ ने सियासत की दूसरी डगर भी पकड़ ली, उन्होंने 'हिंदू युवा वाहिनी' का गठन किया और

धर्म परिवर्तन के खिलाफ मुहिम छेड़ दी। अपने तीखे बयानों को लेकर योगी विवादों में बने रहे, लेकिन उनकी ताकत लगातार बढ़ती गई। 2007 में गोरखपुर में दंगे हुए, तो योगी आदित्यनाथ को मुख्य आरोपी बनाया गया, गिरफ्तारी हुई और इस पर कोहराम भी मचा। योगी के खिलाफ कई आपराधिक मुकदमे भी दर्ज हुए। योगी आदित्यनाथ की हैसियत ऐसी बन गई कि जहाँ वह खड़े होते, सभा शुरू हो जाती; वह जो बोल देते हैं, उनके समर्थकों के लिए वह कानून हो जाता है। यही नहीं, होली और दीपावली जैसे त्योहार कब मनाए जाएँ, इसके लिए भी योगी आदित्यनाथ गोरखनाथ मंदिर से ऐलान करते हैं।

2008 में हुआ था जानलेवा हमला

7 सितंबर, 2008 को सांसद योगी आदित्यनाथ पर आजमगढ़ में जानलेवा हिंसक हमला हुआ था। इस हमले में वे बाल-बाल बचे थे, यह हमला इतना बड़ा था कि सौ से अधिक वाहनों को हमलावरों ने घेर लिया और लोगों को लहूलुहान कर दिया। योगी आदित्यनाथ गोरखपुर दंगों के दौरान तब गिरफ्तार किए गए, जब मुसलिम त्योहार मोहर्रम के दौरान फायरिंग में एक हिंदू युवा की जान चली गई थी। अधिकारियों ने योगी को उस जगह जाने से मना कर दिया, लेकिन आदित्यनाथ उस जगह पर जाने के लिए अड़ गए। तब उन्होंने शहर में लगे कर्फ्यू को हटाने की माँग की। अगले दिन उन्होंने शहर में श्रद्धांजलि सभा का आयोजन करने की घोषणा की, लेकिन जिलाधिकारी ने इसकी अनुमति देने से इनकार कर दिया। आदित्यनाथ ने भी इसकी चिंता नहीं की और हजारों समर्थकों के साथ अपनी गिरफ्तारी दी।

श्रीराम मंदिर आंदोलन में अहम भूमिका

अयोध्या विवाद की पूरी टाइम लाइन ध्यान से देखें, तो यह बात उभरकर सामने आती है कि राम जन्मभूमि मामले में जब भी कोई महत्त्वपूर्ण घटना घटी है, उसका संबंध गोरखनाथ मठ से जुड़ा रहा है। गोरखनाथ मठ

की तीन पीढ़ियाँ राम मंदिर आंदोलन से जुड़ी रही हैं। उ.प्र. के सी.एम. योगी आदित्यनाथ फिलहाल गोरखनाथ मठ के महंत हैं। यह मठ राम मंदिर आंदोलन में काफी समय तक केंद्र में रहा। महंत दिग्विजयनाथ का इस आंदोलन में खास योगदान रहा। दिग्विजयनाथ के निधन के बाद उनके शिष्य महंत अवेद्यनाथ ने मंदिर आंदोलन को आगे बढ़ाया था।

रामलला का प्रकटीकरण और महंत दिग्विजयनाथ

राम मंदिर विवाद का सबसे अहम पड़ाव 23 दिसंबर, 1949 की सुबह को आता है, जब बाबरी मसजिद के मुख्य गुंबद के ठीक नीचे वाले कमरे में रामलला की मूर्तियाँ प्रकट हुई थीं। इसे ही उस वक्त 'रामलला का प्रकटीकरण' माना गया था। विवादित ढाँचे में जब रामलला का प्रकटीकरण हुआ, उस दौरान वहाँ गोरखनाथ मंदिर के तत्कालीन महंत दिग्विजयनाथ मौजूद थे। वे कुछ साधु-संतों के साथ कीर्तन कर रहे थे। इसके अलावा महंत दिग्विजयनाथ ने राम मंदिर की शिला-पूजन में भी भाग लिया था। सुप्रीम कोर्ट का फैसला आने के बाद योगी आदित्यनाथ ने अपने ट्विटर हैंडल से एक फोटो भी शेयर की थी। उन्होंने लिखा था, गोरक्षपीठाधीश्वर युगपुरुष ब्रह्मलीन महंत दिग्विजयनाथजी महाराज, परम पूज्य गुरुदेव गोरक्षपीठाधीश्वर ब्रह्मलीन महंत अवेद्यनाथजी महाराज एवं परमहंस रामचंद्र दासजी महाराज को भावपूर्ण श्रद्धांजलि। आदित्यनाथ ने जो फोटो शेयर की थी, उसमें रामशिला के साथ गोरक्षपीठ के पूर्व महंत दिग्विजयनाथ, अवेद्यनाथ और परमहंस रामचंद्र दास दिखाई दे रहे थे। यह तसवीर रामशिला पूजन के वक्त की बताई जा रही है।

राम जन्मभूमि आंदोलन

29 दिसंबर, 1949 को विवादित जमीन पर न्यायालय के आदेश से ताला लगा दिया था और इमारत एक रिसीवर को सौंप दी गई थी, जिसे रामलला की पूजा की जिम्मेदारी दी गई थी। विवाद में अगला अहम पड़ाव

1986 में आता है, जब एक स्थानीय वकील और पत्रकार उमेश चंद्र पांडेय की अपील पर फैजाबाद के तत्कालीन जिला जज कृष्णमोहन पांडेय ने 1 फरवरी, 1986 को विवादित परिसर का ताला खोलने का आदेश दिया था। इस आदेश का उस वक्त बहुत विरोध हुआ था। मुसलिम पैरोकारों ने इसे इकतरफा फैसला बताया था। जब विवादित परिसर का ताला खोला गया, उस वक्त गोरखनाथ मंदिर के तत्कालीन महंत अवेद्यनाथ वहाँ मौजूद थे।

अयोध्या में दीप प्रज्वलन का रिकॉर्ड

9 नवंबर, 2019 को जब सुप्रीम कोर्ट ने अयोध्या विवाद पर अपना ऐतिहासिक फैसला दिया और विवादित जमीन रामलला को सौंपने की बात कही, तब गोरखनाथ के मौजूदा महंत योगी आदित्यनाथ ने उ.प्र. की सत्ता सँभाल रखी थी। अपने गुरु की तरह ही योगी आदित्यनाथ भी मंदिर आंदोलन को लेकर शुरुआती दिनों से ही काफी मुखर रहे हैं। सी.एम. बनने के बाद भी योगी आदित्यनाथ का फोकस अयोध्या पर लगातार बना रहा और उसी का परिणाम है कि अयोध्या में तमाम योजनाओं के साथ-साथ दीप प्रज्वलन का विश्व रिकॉर्ड भी बनाया गया। साथ ही सरयू तट पर भगवान् राम की भव्य मूर्ति बनाने का प्रोजेक्ट भी उन्होंने शुरू कराया। अब राम मंदिर निर्माण की शुरुआत भी उन्हीं के कार्यकाल में हो रही है। इसकी शुरुआत भी योगी ने खुद अयोध्या पहुँचकर कराई।

लेखक और पत्रकार भी हैं योगी

यह संयोग ही है कि व्यक्तिगत रूप से योगी आदित्यनाथ के आध्यात्मिक अवतरण से लेकर ब्रह्मलीन महंत अवेद्यनाथजी द्वारा राजनीतिक उत्तराधिकार घोषित करने के क्षणों का गवाह रहने का मुझे भी अवसर मिला है। इस अवधि में योगी आदित्यनाथ के आध्यात्मिक, सांस्कृतिक और लेखकीय गतिविधियों को भी मैंने करीब से देखा और समझा है। लिखने की उनकी बेचैनी आज भी दिखती है। वह प्रतिदिन दैनंदिन लिखनेवाले व्यक्ति हैं। उनके उत्तराधिकारी बनने के बाद से गोरक्षपीठ से जुड़ी संस्थाओं में एक अलग

प्रकार का परिवर्तन भी आया है। राष्ट्रीय, अंतरराष्ट्रीय संगोष्ठियों के आयोजन से लेकर गंभीर विचारों के प्रकाशन तक में वह खुद बहुत रुचि लेते हैं। इस आधार पर यकीन के साथ लिख सकता हूँ कि योगी की लेखन क्षमता अद्‌भुत है। 'युगवाणी' के प्रबंध संपादक और 'हिंदवी' के संपादक रहे डॉ. प्रदीप राव कहते हैं कि महाराजजी की सबसे बड़ी खासियत यह है कि युगवाणी और हिंदवी का संपादकीय लेख वे खुद लिखकर देते हैं, भले ही उनके पास समय की किल्लत रही हो, वे संपादकीय आलेख जरूर लिखते हैं। योगी की बहुमुखी प्रतिभा का एक आयाम लेखक और पत्रकार का भी है। अपने दैनिक वृत्त पर विज्ञप्ति लिखने जैसे श्रमसाध्य कार्य के साथ-साथ वे समय-समय पर अपने विचार को स्तंभ के रूप में समाचार-पत्रों में भेजते रहते हैं।

योगी के संरक्षकत्व में महंत अवेद्यनाथ के जीवन पर आधारित स्मृति ग्रंथ किसी कीर्तिमान से कम नहीं है। डॉ. प्रदीप राव अकसर कहते हैं कि हिंदवी के संपादकीय लेख सच में राष्ट्रीय धरोहर की तरह हैं। अत्यल्प अवधि में ही 'यौगिक षट्कर्म', 'हठयोग : स्वरूप एवं साधना', 'राजयोग : स्वरूप एवं साधना' तथा 'हिंदू राष्ट्र नेपाल' नामक पुस्तकें लिखीं।

राजनीतिक जीवन

योगी आदित्यनाथ ने गोरखपुर संसदीय क्षेत्र की जनता की माँग पर वर्ष 1998 में लोकसभा चुनाव लड़ा और मात्र 26 वर्ष की आयु में भारतीय संसद् के सबसे युवा सांसद बने। जनता के बीच दैनिक उपस्थिति, संसदीय क्षेत्र के अंतर्गत आनेवाले लगभग 1500 ग्राम सभाओं में प्रति वर्ष भ्रमण तथा हिंदुत्व और विकास के कार्यक्रमों के कारण गोरखपुर संसदीय क्षेत्र की जनता ने उन्हें वर्ष 1999, 2004 और 2009, 2014 के चुनाव में निरंतर बढ़ते हुए मतों के अंतर से विजयी बनाकर पाँच बार लोकसभा का सदस्य बनाया। हिंदुत्व के प्रति अगाध प्रेम तथा मन, वचन और कर्म से हिंदुत्व के प्रहरी योगीजी को विश्व हिंदू महासंघ जैसी हिंदुओं की अंतरराष्ट्रीय संस्था ने अंतरराष्ट्रीय उपाध्यक्ष तथा भारत इकाई के अध्यक्ष का महत्त्वपूर्ण दायित्व

सौंपा, जिसका सफलतापूर्वक निर्वहन करते हुए उन्होंने वर्ष 1997, 2003, 2006 में गोरखपुर में और 2008 में तुलसीपुर (बलरामपुर) में विश्व हिंदू महासंघ के अंतरराष्ट्रीय अधिवेशन को संपन्न कराया।

विश्व हिंदू महासंघ

विश्व हिंदू महासंघ और हिंदू युवा वाहिनी जैसे संगठन खड़ा करनेवाले योगी आदित्यनाथ की अनगिनत विशेषताएँ हैं। महज कुछ शब्दों में बाँध पाना बहुत दुष्कर लगता है। एक तरफ विश्व के कई देशों में फैला उनका संगठन विश्व हिंदू महासंघ की सक्रियता है, तो दूसरी तरफ देश के भीतर कई प्रांतों में कार्यरत उनके संरक्षण वाली संस्था हिंदू युवा वाहिनी की अतिशय लोकप्रियता है। उतर प्रदेश के मुख्यमंत्री बनाए जाने के बाद से हिंदू युवा वाहिनी की सदस्यता को फिलहाल रोक दिया गया है। दरअसल योगी आदित्यनाथ आज देश में और दुनिया में भी हिंदुत्व के प्रखर चेहरे के रूप में स्थापित हैं। यह स्थापना यों ही नहीं है। इसके लिए इतिहास में झाँकना भी जरूरी लगता है। जब संपूर्ण पूर्वी उत्तर प्रदेश जेहाद, धर्मांतरण, नक्सली व माओवादी हिंसा, भ्रष्टाचार तथा अपराध की अराजकता में जकड़ा था, उसी समय नाथपंथ के विश्व प्रसिद्ध मठ श्री गोरक्षनाथ मंदिर, गोरखपुर के पावन परिसर में शिव गोरक्ष महायोगी गोरखनाथजी के अनुग्रह स्वरूप माघ शुक्ल 5 संवत् 2050 तदनुसार 15 फरवरी, 1994 की शुभ तिथि पर गोरक्षपीठाधीश्वर महंत अवेद्यनाथ ने मांगलिक वैदिक मंत्रोच्चारणपूर्वक अपने उत्तराधिकारी पट्ट शिष्य योगी आदित्यनाथजी का दीक्षाभिषेक संपन्न किया। उन्होंने संन्यासियों के प्रचलित मिथक को तोड़ा। धर्मस्थल में बैठकर आराध्य की उपासना करने के स्थान पर आराध्य के द्वारा प्रतिस्थापित सत्य एवं उनकी संतानों के उत्थान हेतु एक योगी की भाँति गाँव-गाँव और गली-गली निकल पड़े। सत्य के आग्रह पर देखते-ही-देखते शिव के उपासक की सेना चलती रही और शिवभक्तों की एक लंबी कतार उनके साथ जुड़ती चली गई। इस अभियान ने एक आंदोलन का स्वरूप ग्रहण किया और हिंदू पुनर्जागरण का इतिहास सृजित हुआ।

अपनी पीठ की परंपरा के अनुसार उन्होंने पूर्वी उत्तर प्रदेश में व्यापक जनजागरण का अभियान चलाया। सहभोज के माध्यम से छुआछूत और अस्पृश्यता की भेदभावकारी रूढ़ियों पर जमकर प्रहार किया। वृहद हिंदू समाज को संगठित कर राष्ट्रवादी शक्ति के माध्यम से हजारों मतांतरित हिंदुओं की ससम्मान घर वापसी का कार्य किया। गोरक्षा के लिए आम जनमानस को जागरूक करके गोवंशों का संरक्षण एवं संवर्धन करवाया। पूर्वी उत्तर प्रदेश में सक्रिय समाज-विरोधी एवं राष्ट्र-विरोधी गतिविधियों पर भी प्रभावी अंकुश लगाने में उन्होंने सफलता प्राप्त की। योगी के हिंदू पुनर्जागरण अभियान से प्रभावित होकर गाँव, देहात, शहर एवं अट्टालिकाओं में बैठे युवाओं ने इस अभियान में स्वयं को पूर्णतया समर्पित कर दिया। बहुआयामी प्रतिभा के धनी योगी आदित्यनाथ धर्म के साथ-साथ सामाजिक, राजनीतिक एवं सांस्कृतिक गतिविधियों के माध्यम से राष्ट्र की सेवा में रत हो गए। योगी की संसद् में सक्रिय उपस्थिति एवं संसदीय कार्य में रुचि लेने के कारण केंद्र सरकार ने उन्हें खाद्य एवं प्रसंस्करण उद्योग और वितरण मंत्रालय, चीनी और खाद्य तेल वितरण, ग्रामीण विकास मंत्रालय, विदेश मंत्रालय, संचार एवं सूचना प्रौद्योगिकी, सड़क परिवहन, पोत, नागरिक विमानन, पर्यटन एवं संस्कृति मंत्रालयों के स्थायी समिति के सदस्य तथा गृह मंत्रालय की सलाहकार समिति, काशी हिंदू विश्वविद्यालय और अलीगढ़ विश्वविद्यालय की समितियों में सदस्य के रूप में समय-समय पर नामित किया।

कड़े तेवर, बड़े फैसले

मुख्यमंत्री बनने के बाद से ही योगी आदित्यनाथ का अयोध्या-मथुरा-काशी के विकास पर खास फोकस रहा है। फैजाबाद का नाम बदलकर 'अयोध्या' रखा और अब दुनिया की सबसे ऊँची भगवान् राम की प्रतिमा लगाए जाने की तैयारी है। योगी सरकार सूबे में जब से आई है, हर साल अयोध्या में सरयू के तट पर पाँच लाख दीयों को प्रज्वलित कर भव्य दीवाली मनाई जा रही है, जिसमें सी.एम. खुद पूरी कैबिनेट के साथ शामिल होते हैं।

सी.एम. बनने के बाद तो उन्होंने अयोध्या में सरयू नदी की भी आरती शुरू करवाई। वहीं योगी मथुरा में जाकर जन्माष्टमी और होली मनाते हैं। योगी सरकार ने अयोध्या में भव्य राम मंदिर निर्माण के लिए करीब 150 एकड़ जमीन के लिए लैंडबैंक बनाया है। इसके अलावा अयोध्या से लेकर चित्रकूट तक राम सर्किट बनाया जा रहा है। काशी के विकास की सी.एम. योगी खुद निगरानी कर रहे हैं।

सी.ए.ए. विरोधी प्रदर्शनकारियों पर ऐक्शन

नागरिकता संशोधन कानून (सी.ए.ए.) के खिलाफ उत्तर प्रदेश में प्रदर्शन करनेवाले लोगों के खिलाफ सी.एम. योगी आदित्यनाथ ने सख्त रुख अख्तियार कर रखा है। सी.एम. योगी ने विधानसभा में कहा, जो भी लोग प्रदर्शन में मरे हैं, वे निर्दोष नहीं हैं। दंगाई खुद अपनी ही गोली से मरे हैं। विरोध प्रदर्शन के दौरान हुई तोड़फोड़ का हरजाना योगी सरकार प्रदर्शनकारियों से वसूल रही है। इसके अलावा प्रदर्शनकारियों के फोटो की होर्डिंग्स लगाई हैं और उन्हें वसूली के लिए नोटिस भी दिए जा रहे हैं। ऐसे उपद्रव को रोकने के लिए जिस तेजी से योगी ने अधिनियम लागू किया, वह भारत में इससे पहले कभी नहीं हो पाया था। यही कारण है कि प्रदेश में उपद्रवियों पर नियंत्रण हो गया।

गंगा नदी के गाँवों में गंगा चबूतरा

गंगा यात्रा के बहाने ही योगी सरकार अपने हिंदुत्व एजेंडे को और धार देने का काम किया है। सी.एम. योगी ने गंगा नदी के किनारे जगह-जगह आरती शुरू कराने का प्लान बनाया है। राज्य सरकार गंगा किनारेवाले गाँवों में गंगा चबूतरा बनवा रही है, फिर वहाँ हर दिन शाम में आरती कराई जाएगी। इसके अलावा नदी किनारे फलदार पौधे लगाए जाएँगे। जैसे मध्य प्रदेश में नर्मदा के किनारे पौधे लगाए गए थे। गंगा से हिंदू समुदाय का गहरा धार्मिक रिश्ता है। गंगा आरती और पूजन के जरिए योगी सरकार हिंदुत्व के एजेंडे को बनाए रखना चाहती है।

खान परिवार जेल में

सूबे की सत्ता पर काबिज होने के बाद से योगी आदित्यनाथ की समाजवादी पार्टी के मुसलिम चेहरा माने जानेवाले आजम खान की जैसे बुद्धि कुंद हो गई। जिस रुतबे के बल पर रामपुर में किसानों की भूमि पर कब्जा करके जौहर विश्वविद्यालय बनाया गया था, योगी ने उस दमन को खत्म किया। तीन साल में आजम खान पर 50 से ज्यादा मुकदमे दर्ज किए गए हैं। मौजूदा समय में आजम खान, उनकी पत्नी तंजीन फातिम और बेटे अब्दुल्ला आजम खान जेल में बंद हैं। आजम के बेटे अब्दुल्ला की विधायक की सदस्यता भी खत्म हो गई है। आजम खान की संपत्ति कुर्क करने के लिए रामपुर में मुनादी कराई गई। इसके अलावा आजम खान के विश्वविद्यालय पर भी योगी सरकार की नजर रही है, उसकी बाउंड्री तोड़े जाने से लेकर जमीन तक की लीज को भी खत्म किया गया।

काँवड़ियों पर फूलों की बारिश

योगी सरकार सूबे भर में काँवड़ियों पर एक तरफ मेहरबान नजर आई, तो दूसरी तरफ सावन के महीने में काँवड़ियों के रूट पर मांस की बिक्री पर रोक लगाने का काम किया। काँवड़ियों पर हेलीकॉप्टर से फूल बरसाने का काम योगी सरकार के राज में हुआ है। काँवड़ियों की सुरक्षा के लिए ड्रोन कैमरे से लेकर एंटी टेररिस्ट स्क्वायड से निगरानी करने का काम योगी सरकार ने कराया।

गोवध के विरुद्ध

अपने कार्यकाल के प्रथम दिवस से ही गोवंश वध के विरुद्ध उन्होंने बहुत ही कड़ा संदेश दे दिया। पहले दिन से ही स्लॉटर हाउस पर योगी सरकार ने ताला लगा दिया था। इतना ही नहीं, योगी सरकार ने गौ-हत्या पर कड़ा रुख अख्तियार कर रखा है। अभी इसी 5 जून को अपने 48वें जन्मदिन के अवसर पर योगी आदित्यनाथ ने प्रदेश में वर्षों से चले आ रहे गोवध अधिनियम को बहुत सख्त किया है।

लव जेहाद के विरुद्ध

लव जेहाद को लेकर योगी आदित्यनाथ बहुत पहले से ही बहुत सख्त रहे हैं। लोकसभा और विधानसभा की उनकी सभी चुनावी रैलियों में यह एक गंभीर मुद्दा रहा है। मुख्यमंत्री बनते ही उन्होंने इस विषय को अपने मुख्य एजेंडे में शामिल किया। उनके कार्यकाल की शुरुआत होते ही सभी थानों में रोमियो स्क्वायड का गठन किया गया।

मुख्यमंत्री के रूप में अन्य प्रमुख उपलब्धियाँ

मुख्यमंत्री बनने के साथ ही योगी आदित्यनाथ के सामने प्रयाग कुंभ का आयोजन एक बड़ी चुनौती के रूप में था। इसके सफल आयोजन ने कई कीर्तिमान बनाए। 15वें अप्रवासी भारतीय सम्मेलन का वाराणसी में सफल आयोजन किया।

68 वर्षों के बाद उत्तर प्रदेश का स्थापना दिवस हमने 2018 में मनाना शुरू किया। योगी सरकार ने उत्तर प्रदेश में 'वन डिस्ट्रिक्ट, वन प्रोडक्ट' योजना आरंभ की। 'यू.पी. इनवेस्टर्स' समिट का सफल आयोजन किया गया। इंटरस्टेट कनेक्टिविटी को बेहतर बनाया गया। इंटर रीजनल एयर ट्रैफिक को बेहतर बनाया गया।

जेवर इंटरनेशनल एयरपोर्ट बनाना, दिखता है कि हर क्षेत्र में कीर्तिमान बनाया है। करोड़ों लोगों को निःशुल्क विद्युत् कनेक्शन दिया गया। 167 हजार गाँवों में विद्युतीकरण हुआ। यू.पी. के अंदर लाइफ सपोर्ट एंबुलेंस की व्यवस्था की गई है।

तीन वर्षों में यू.पी. में 30 नए मेडिकल कॉलेजों की स्थापना की गई, जो बन रहे हैं। इनमें से 8 मेडिकल कॉलेजों में अकेडमिक सत्र शुरू हो गए हैं। 7 में जल्द शुरू होने वाला है। पिछले तीन वर्ष में उत्तर प्रदेश में 30 लाख गरीबों को आवास दिया गया। पिछले तीन वर्ष में 2.61 करोड़ परिवारों में शौचालय की व्यवस्था की है। 1.87 करोड़ किसानों को प्रधानमंत्री किसान सम्मान योजना का लाभ मिल रहा है। उत्तर प्रदेश के अंदर न्यूनतम समर्थन मूल्य पर

किसानों का लाखों टन खाद्यान्न खरीदा जा रहा है। उत्तर प्रदेश सरकार ने पब्लिक डिस्ट्रीब्यूशन (PDF) को सुधारने का काम किया है।

'वन डिस्ट्रिक्ट, वन प्रोडक्ट' (ODOP) को राष्ट्रीय पहचान मिली। यूनियन बजट में प्रावधान किया गया कि हर राज्य में ऐसी योजना को लागू किया जाना चाहिए। आज यू.पी. में टीम वर्क का परिणाम है कि यू.पी. हर क्षेत्र में नंबर-1 है। शिक्षा में काफी काम किया है, जूते, मोजे, बैग, शू, स्वेटर उपलब्ध कराए हैं। माध्यमिक शिक्षा में बेहतर काम किया है, उच्च शिक्षा में भी 28 निजी विश्व विद्यालय और 8 नए विश्वविद्यालय बनने जा रहे हैं। प्रति वर्ष 1 लाख युवाओं को 2500 रुपए प्रति माह अप्रेंटिस के दौरान दे रहे हैं, जिसमें 1200 करोड़ का बजट दिया है। मुख्यमंत्री सामूहिक विवाह में अब तक 1 लाख बालिकाओं की शादी की गई है। 'कन्या सुमंगला योजना' को लागू किया। 3.60 लाख कन्याओं को लाभ मिला है। अयोध्या में दीपोत्सव का सफल कार्यक्रम किया। उत्तर प्रदेश को आध्यात्मिक केंद्र के रूप में पर्यटकों को आकर्षित किया है। तीन वर्ष के अंदर पौधारोपण किया। डिफेंस एक्सपो का सफल आयोजन किया। 50 हजार करोड़ का निवेश आया। उत्तर प्रदेश की देश के अंदर अच्छी रैंकिंग आई। वृद्धावस्था पेंशन योजना, दिव्यांग जन पेंशन योजना शुरू की। 57 लाख छात्रों को स्कॉलरशिप दी जा रही है। श्रमिकों के बच्चों के लिए भी सरकार आवासीय विद्यालय बन रहे हैं। 50 हजार गोवंश किसानों को सौंपे हैं और 900 रुपए प्रतिमाह दे रहे हैं। महत्त्वपूर्ण तीर्थ स्थलों में कार्य हो रहा है। 653 नगर निकाय थे, इस पर कार्य को आगे बढ़ाया है। 10 स्मार्ट सिटी पर कार्य योजना आगे बढ़ रही है। पहले उत्तर प्रदेश की रैंकिंग में कोई स्थान नहीं रहता था। इस बार टॉप टेन में चार सिटी आए हैं। पिछले तीन वर्ष में उत्तर प्रदेश में 3 लाख युवाओं को सरकारी नौकरी दी गई है।

इंसेफेलाइटिस की रोकथाम करने में 70 से 75 फीसदी की कमी आई है। मौत के आकड़ों में 90 फीसदी की कमी आई है। कोरोना वायरस को लेकर उत्तर प्रदेश में व्यापक इंतजाम किए गए हैं।

गन्ना किसानों का 3 साल के दौरान 92 हजार करोड़ का बकाया

भुगतान किया गया है। योगी सरकार में एक भी चीनी मिल बंद नहीं हुई, बल्कि नई चीनी मिलें खुली हैं।

अभी पूरे देश में कोरोना को लेकर जो हालात बने हैं, इसमें योगी आदित्यनाथ के नेतृत्व की देन है कि प्रदेश के हालात नियंत्रण में हैं। प्रवासी मजदूरों के लिए जिस संवेदना के साथ उन्होंने व्यवस्थाएँ दी हैं, उसकी जितनी तारीफ की जाए, कम ही है।

योगी की संसदीय यात्रा

1998 : बारहवीं लोकसभा के लिए पहली बार गोरखपुर संसदीय क्षेत्र से निर्वाचित।

1999 : तेरहवीं लोकसभा के लिए दूसरी बार गोरखपुर संसदीय क्षेत्र से निर्वाचित।

2004 : चौदहवीं लोकसभा हेतु पुनः तीसरी बार निर्वाचित।

2009 : पंद्रहवीं लोकसभा हेतु पुनः चौथी बार निर्वाचित।

2014 : सोलहवीं लोकसभा हेतु पाँचवीं बार निर्वाचित।

□

8

कुंभ 2019 ने इतिहास रचा

प्रयागराज कुंभ 2019, यानी भारत को नए सिरे से विश्वगुरु बनाने की महान् यात्रा। ऐसी आध्यात्मिक यात्रा, जिसमें समस्त सनातन संस्कृति एक साथ वैश्विक आकाश पर प्रसारित हो रही थी। केवल एक-दो देश नहीं, बल्कि विश्व साक्षी भाव से सनातन के इस महा पर्व को इस प्रकार से पूर्ण होते देख रहा था।

कुंभ यानी सभ्यता की समीक्षा। सनातन पर विमर्श। समाज की चेतना में बदलाव का विश्लेषण। धर्मयात्रा की दृष्टिगत त्रुटियों में संशोधन एवं सुधार। यदि कोई संकट आसन्न है तो उसका निदान। राजनीति की शुचिता और जनता के सरोकारों पर चिंतन। सनातन जीवन संस्कृति को विशुद्ध बनाए रखने और सभ्यता के साथ सामंजस्य की तलाश। भारत की एकता, अखंडता और प्रभुसत्ता पर व्यापक मंथन।

कुंभ के यही निहितार्थ होते हैं। इसीलिए कुंभ जैसे आयोजन की प्रतीक्षा रहती है, ताकि इस अवसर पर जो आस्था और सनातन विश्वास के प्रश्न हैं, उनको मिल-बैठकर हल कर लिया जाए। यही वह समागम है, जब सभी जिम्मेदार एक बिंदु पर मिलते हैं और विमर्श का भरपूर समय होता है। समाज के संचालन की बाधाओं से मुक्ति। राजनीति की विसंगतियों का समाधान। आस्था के प्रश्नों का स्थायी शांतिपूर्ण समाधान।

वस्तुतः भारत और भारतीयता को प्रमाणित करने की इसे एक साक्षात् प्रयोगशाला भी कह सकते हैं। ऐसा इसलिए, क्योंकि बिना किसी दबाव, बंधन

या विवशता के सनातन को समझनेवाला लोक पूरब से पश्चिम तक और उत्तर से दक्षिण तक की लंबी यात्राएँ करके गंगा, यमुना और सरस्वती के पावन संगम पर स्वतः एकत्र हो जाता है। इसमें जाति, पंथ, संप्रदाय, गृहस्थ, वणिक, ब्रह्मांड, आचार्य अथवा संन्यासी का कोई भेद नहीं रह जाता। सभी एक सतह पर, एक तरह से एक ही आशय के लिए जुटते हैं और फिर सलीके से अपने-अपने गंतव्य को भी लौटते हैं। संन्यासियों का आकर्षण इसलिए हो जाता है, क्योंकि भारत की आध्यात्मिक विरासत को एक साथ सिर्फ कुंभ में ही देखा जा सकता है। ऐसा इसलिए, क्योंकि समस्त संन्यासी और तपस्वी समुदाय भी कुंभ में अवश्य सहभागी बनता है। भारतीय मनीषा के जितने स्वरूप हो सकते हैं, उन सभी स्वरूपों का साक्षात्कार कुंभ में हो पाता है। हम कह सकते हैं कि कुंभ भारतीय संस्कृति और राष्ट्रवाद का अंतर्संबंध समझाने का सबसे सरल उपाय है। यहाँ आकर संस्कृति और राष्ट्र की वास्तविक परिभाषा समझ में आती है। कुंभ के अलिखित ऐतिहासिक तथ्य, जो हमें अपने पूर्वाचार्यों से प्राप्त होते हैं, उनसे स्पष्ट होता है कि प्रत्येक तीसरे, छठे, बारहवें और 144 वें वर्ष में लगनेवाले कुंभ के आयोजनों में ही हमारे आचार्य और संत समाज के लोग धर्म और जीवन-संस्कृति में आनेवाली रूढ़ियों, विसंगतियों और विकास के साथ सभ्यता के संग स्थापित होती जा रही कुसंस्कृतियों की समीक्षा और सुधार के सभी उपाय किया करते थे। कुंभ में ही जीवन संस्कृति को संशोधित और परिवर्धित कर लोकोपयोगी बनाया जाता था। राज्य संचालन अथवा लोकमंगल की राह में आनेवाली बाधाओं पर चिंतन होता था। बाधाओं को दूर किया जाता था। राष्ट्र, राज्य और लोक से प्राप्त सहयोग से लोक की आवश्यकता के अनुसार व्यवस्थाएँ बनाने की कोशिश होती थी। संत समाज और आचार्य मिलकर राष्ट्र की दिशा और दशा पर मंथन करते थे। उसी अनुरूप राष्ट्राध्यक्ष को निर्देशित करते थे। यह निर्देश राष्ट्र के लिए राष्ट्र की उन्नति के लिए आवश्यक होता था। यही मूल भारतीय परंपरा थी, जिसका लाभ भारत पर आक्रमण करनेवाले समुदायों ने भी उठाया। यद्यपि वे कुंभ के मर्म को बहुत ठीक से समझ नहीं सके। आज

जिस स्वरूप में कुंभ पर लिखा-पढ़ा जाता है, वह कुंभ की मूल अवधारणा से अभी भी काफी दूर है।

आज के समय में कुंभ अपने मूल अर्थों में कितना सार्थक है, इसे वर्तमान भारत के किसी सबरीमाला या श्रीराम जन्मभूमि के प्रश्नों सहित तमाम अनसुलझे सामयिक मुद्‌दों का ध्यान कर समझा जा सकता है। और फिर यहीं समूची सनातन थाती, तीन कड़ियाँ, तेरह अखाड़े, 147 संप्रदायों के संचालकों और इनके भी शीर्ष पर स्थापित शंकराचार्य परंपरा को समाहित किए हुए सनातन का महापर्व कुंभ वर्तमान समाज, देश के लिए महत्त्वपूर्ण हो जाता है।

प्रयाग कुंभ-2019

मान्यताओं के अनुसार त्रिवेणी संगम के पवित्र जल में डुबकी लगाकर मनुष्य अपने समस्त पापों को धो डालता है। पवित्र गंगा-यमुना में डुबकी लगाने से मनुष्य और उसके पूर्वज दोषमुक्त हो जाते हैं। इस बार 2019 कुंभ का उत्तर प्रदेश में स्थित तीर्थराज प्रयाग में 15 जनवरी (मकर संक्रांति) से शुरू हो गया था, जो 5 मार्च (महाशिवरात्रि) तक अविराम चलता रहा।

कुंभ का इतिहास

कुंभ मेले का इतिहास उतना ही पुराना है, जितनी कि यह सृष्टि। वैसे सरकारी इतिहासकार इसको साढ़े आठ सौ वर्ष से अधिक पुराना लिखते हैं। इतिहास लिखते समय ये इतिहासकार यह भूल जाते हैं कि रामकथा का एक अनुष्ठान कुंभ के बीतने पर प्रयागराज में ही हुआ था, जिसको गोस्वामी तुलसीदासजी ने श्रीमद्‌रामचरित मानस में बहुत विस्तार से दरशाया है। प्रयागराज के अलावा हरिद्वार, उज्जैन और नासिक में कुंभ लगता है। हर तीन साल बाद कुंभ दूसरे स्थान पर लगता है, जिसकी वजह से अपने पहले स्थान पर यह 12 साल बाद आता है। ऐसा इसलिए होता है, क्योंकि प्रत्येक तीन, छह और बारह वर्षों में राशियों एवं ग्रहों की स्थिति सुनिश्चित होती है।

कुंभ की प्राचीनता

कुंभ पर्व कब शुरू हुआ, ऐतिहासिक रूप से इसकी तिथि तो तय नहीं की जा सकती है, लेकिन कुंभ के संदर्भ में दो मंत्र ऋग्वेद में, दो मंत्र अथर्ववेद में, एक मंत्र सामवेद में और एक मंत्र शुक्ल यजुर्वेद में है, जो कुंभ की पुरातनता प्रमाणित करते हैं—

जघान वृत्रं स्वधितिर्वनेव रूरोज पुरो अरदन्न सिन्धून्।

बिभेद गिरिं नवमिन्न कुम्भमा गा इन्द्रो अकृणुत स्वयुग्भिः॥

कुम्भीवर्थो मा व्यषिष्ठा यज्ञायुवेरज्यनतिषिक्ता।

तात्पर्य यह कि कुंभ पर्व में तीर्थयात्रा करनेवाला मनुष्य स्वयं अपने फल रूप से प्राप्त होनेवाले सत्कर्मों, दान यज्ञादि से काष्ठ काटनेवाले कुल्हाड़े की तरह अपने पापों को समाप्त करता है। पुराण काल में तो कुंभ की बड़ी विशद व्याख्या मिलती है।

इसी प्रकार अथर्ववेद, सामवेद और शुक्ल यजुर्वेद में भी कुंभ को लेकर मंत्र मिलते हैं। अथर्ववेद कहता है—

चतुरः कुम्भाँश्च चतुर्धा ददामि क्षीरेण पूर्णान् दध्मः। (4/34/7)

अर्थात् ब्रह्माजी कहते हैं कि हे मानव, मैं तुम्हें ऐहित और आमुष्मिक सुख देनेवाले चार कुंभ प्रदान करता हूँ।

अथर्वं का एक मंत्र और देखिए—

पूर्णः कुम्भोऽधिकाल आहितस्तं वै पश्यामो बहुधा नु सन्तः।

स इमा विश्वा भुवनानि प्रत्यंकालं तमाहुः परमे व्योमन्॥ (19/53/3)

ऐसे ही सामवेद में वर्णन है—

आविशंकलशः सुतो विश्वा अर्षंनभिश्रियः।

इन्दुरिंद्राय धीयते॥ (पू.6/3)

शुक्ल यजुर्वेद के अनुसार—

कुम्भो वनिष्टुर्जनिता शचीभिर्यस्मिनग्रे योन्या गर्भो अन्तः।

प्लाशिर्वक्तः शतधारउत्सो दुहे न कुम्भी स्वधां पितृभ्यः॥

भाव यह कि कुंभ पर्व में जानेवाले मनुष्य दानादि-हवनादि सत्कर्मों से

अपने पापों को उसी प्रकार नष्ट करते हैं, जैसे कुठार वन को काट देता है। जैसे गंगा अपने तटों को काटती हुई बहती है, वैसे ही कुंभ मनुष्य के पूर्व संचित कर्मों से प्राप्त शारीरिक पापों को नष्ट करता है।

महाराजा हर्षवर्धन के शासन काल में सातवीं शताब्दी में भ्रमण पर आए चीनी यात्री ह्वेनसांग के यात्रा वर्णनों से भी स्पष्ट होता है कि हर्षवर्धन ने ही कुंभ मेले की परंपरा को व्यवस्थित और शासकीय स्वरूप दिया था। वह हर बारहवें और पाँच वर्ष पर संगम क्षेत्र आकर निवास करता था और अपना सर्वस्व दान कर देता था। इसके बाद अपनी बहन से वस्त्र माँगकर पहनता था और पुनः राजपाट का संचालन करने चला जाता था। इसी क्रम में आदि शंकराचार्य ने इस परंपरा को आगे बढ़ाया। सनातन धर्म के उद्देश्यों की पूर्ति के लिए संतों के अखाड़ों की संरचना कराई। प्रतिष्ठानपुर वर्तमान झूँसी के पास इंद्रवन में संतों का सम्मेलन आयोजित कर शास्त्रों के साथ शस्त्रों का अभ्यास करने का संकल्प दिलाया, ताकि भौतिक रूप से भी सनातन धर्म की रक्षा की जा सके। उसी परंपरा को बढ़ाते हुए अखाड़े आज भी धर्म की रक्षा का संकल्प लेते हैं। प्रयागराज में तीन प्रमुख स्नान पर्वों पर ये अखाड़े राजसी ठाठ के साथ संगम स्नान करते हैं, जिसे 'शाही स्नान' कहा जाता है।

वैश्विक महामानव समागम

भारतीय संस्कृति की समन्वयवादी परंपरा समुद्र मंथन जैसे वैचारिक मंथन से संत समाज अमृत कुंभ रूपी विचारों के जरिए समाज का हितचिंतन करता है। यह चिंतन भारतीयों के लिए ही नहीं, अपितु शेष विश्व के लिए भी लाभकारी रहा है। शेष विश्व इसीलिए भारत को विश्वगुरु के रूप में प्रतिष्ठा देता रहा है।

अयं निजः परो वेति गणना लघुचेतसाम्।
उदारचरितानां तु वसुधैव कुटुम्बकम्॥

यह मंत्र प्रयागराज कुंभ में प्रकट रूप में दिख रहा था। संगम तट पर अनेक संप्रदायों के संत बिना भेदभाव के अपनी मान्यताओं का पालन करते

हुए धर्म-कर्म में लीन थे। आध्यात्मिक ज्ञान का अवगाहन करते कुंभ में देव-संस्कृति दर्शन और स्नान के लिए संगम तट पर एक लघु विश्व प्रकट रूप में विद्यमान था। विश्व के 71 राष्ट्रों के ध्वज संगम तट पर स्वयं इसके साक्षी बनकर लहराए।

प्रयाग में 6 प्रमुख स्नान

प्रयाग कुंभ 2019 के दौरान 6 प्रमुख स्नान तिथियों को शाही स्नान हुए। इनमें 15 जनवरी मकर संक्रांति, 21 जनवरी पौष पूर्णिमा, 4 फरवरी मौनी अमावस्या, 10 फरवरी बसंत पंचमी, 19 फरवरी माघी पूर्णिमा, 4 मार्च महाशिवरात्रि शामिल हैं। 12 लाख की आबादी वाले शहर प्रयागराज में पहले दिन दो करोड़ लोगों ने गंगा, यमुना और अदृश्य सरस्वती के संगम में डुबकी लगाई। ए.डी.एम. कुंभ दिलीप कुमार त्रिपुरायन के हवाले से दो करोड़ से ज्यादा श्रद्धालुओं के स्नान की पुष्टि उत्तर प्रदेश सरकार ने की है। संगम स्थल पर 24 प्रवेश द्वार बनाए गए थे और हर द्वार पर गिनती की जा रही थी।

अखाड़े और स्नान

कुंभ मेला प्रशासन के मुताबिक पहले शाही स्नान पर 14 अखाड़ों के 10 हजार से ज्यादा साधु-संतों ने संगम पर स्नान किया। मकर संक्रांति पर सुबह ब्रह्ममुहूर्त में 5:15 बजे कुंभ का पहला शाही स्नान शुरू हुआ। सबसे पहले महानिर्वाणी और श्री पंचायती अटल अखाड़े ने स्नान किया। किन्नर और जूना अखाड़े एक साथ तीसरे नंबर पर पहुँचे। इस दौरान विभिन्न अखाड़ों के साधु-संत सोने-चाँदी की पालकियों, हाथी-घोड़े पर बैठकर संगम पर पहुँचे। श्रद्धालुओं पर हेलीकॉप्टर से फूलों की बारिश की गई। संगम पर सुबह 10 डिग्री से भी कम तापमान था। प्रयागराज कुंभ में पहली बार किन्नर अखाड़े ने भी शाही स्नान किया। अखाड़े की प्रमुख लक्ष्मी नारायण ने सबसे पहले स्नान किया। इसके बाद अन्य करीब 500 किन्नर संन्यासियों ने स्नान किया। तीन भागों में बँटे सभी 14 अखाड़ों को संन्यासी, बैरागी और उदासीन भागों में बाँटा गया है। सबसे पहले संन्यासी अखाड़े, फिर बैरागी

और अंत में उदासीन अखाड़ों के साधु-संतों ने स्नान किया। सभी अखाड़ों को स्नान के लिए 30 से 45 मिनट दिया गया था। पहले दिन बड़ी संख्या में विदेशियों ने भी स्नान किया।

स्वच्छता पर जोर

उत्तर प्रदेश सरकार ने कुंभ मेले के लिए कई खास इंतजाम किए थे। कुंभ में आनेवाले श्रद्धालुओं की संख्या को ध्यान में रखते हुए सरकार ने मेले में वर्ल्ड क्लास सैनिटेशन की व्यवस्था की थी। इसके लिए मेला क्षेत्र को पूरी तरह से खुले में शौच से मुक्त करने के लिए एक लाख 22 हजार 500 शौचालय बनाए गए। सैनिटेशन को लेकर कुंभ मेले का नाम गिनीज बुक ऑफ वर्ल्ड रिकॉर्ड्स में दर्ज कराने के उद्‌देश्य से सरकार ने कई बड़े इंतजाम किए और ऐसा हुआ भी। मेले में आनेवाले करीब 15 करोड़ श्रद्धालुओं की सुविधा के लिए कुंभ मेले के दौरान करीब 35 हजार सफाईकर्मियों की तैनाती की गई थी। हर 250 मीटर पर शौचालय निर्मित किए गए। मेले की कुल 250 किमी. रोड पर हर 250 से 300 मीटर पर टॉयलेट का इंतजाम किया गया था।

स्वास्थ्य सुविधाएँ

मेले में प्रतिदिन 1500 बेड की क्षमताओं के एक से अधिक अस्पताल कार्य कर रहे थे। 750 बेड की क्षमता रिजर्व में रखी गई थी, जिसके लिए प्रतिष्ठित डॉक्टरों के साथ ही एम.बी.बी.एस. और आयुष के चिकित्सकों और हेल्थ वर्कर्स को भी तैनात किया गया था। इमरजेंसी की स्थिति में मेले में 150 एंबुलेंस, एयर एंबुलेंस और बोट एंबुलेंस भी व्यवस्था की गई थी। मेला क्षेत्र के हर सेक्टर में एक स्वास्थ्य केंद्र की व्यवस्था सुनिश्चित की गई थी।

तकनीक का प्रयोग

चौदह से कम उम्र के बच्चों को रेडियो टैग लग रहा था। पुलिस प्रशासन ने कुंभ में 14 साल से कम उम्र के बच्चों को रेडियो फ्रीक्वेंसी आइडेंटिफिकेशन

(आर.एफ.आई.डी.) टैग लगाकर यह सुनिश्चित किया था, ताकि भीड़ में खोनेवाले बच्चों का पता लगाया जा सके। पुलिस ने इसके लिए 40,000 आर.एफ.आई.डी. टैग मँगाया था। आर.एफ.आई.डी. बेतार संचार का साधन है। इससे किसी वस्तु या व्यक्ति का पता लगाने के लिए इलेक्ट्रो-मैग्नेटिक स्पेक्ट्रम के रेडियो फ्रीक्वेंसी हिस्से में विद्युत् चुंबकीय तरंगों का इस्तेमाल किया जाता है।

मौसम की जानकारी

कुंभ मेले में श्रद्धालुओं को मौसम की जानकारी देनेवाला ऐप लॉन्च किया गया। श्रद्धालुओं को मौसम की जानकारी देनेवाला मोबाइल ऐप कुंभ मेला वेदर सर्विस उपलब्ध था। मेले में 15 खोया-पाया सेंटर बनाए गए थे।

विशिष्ट आवास व्यवस्था

कुंभ में तीर्थयात्रियों के ठहरने के लिए विभिन्न अखाड़ों, शिविरों के परिसरों में टेंट निर्माण की पारंपरिक व्यवस्थाओं के साथ ही उत्तर प्रदेश पर्यटन विभाग ने पी.पी.पी. मॉडल पर 50 एकड़ में सभी सुख-सुविधाओं से युक्त टेंट सिटी बसाया था, जिसकी क्षमता एक हजार अतिथि प्रतिदिन की थी। सैकड़ों बेड की क्षमता के एक से अधिक यात्री निवास जैसी सस्ती, सुविधाजनक और स्वच्छ व्यवस्था भी मौजूद थी। इनमें एक दिन रुकने की व्यवस्था मौसमानुकूल बिस्तर-रजाई आदि के साथ सामान्य दिनों में महज 100 रुपए और मुख्य स्नानों में 200 रुपए के खर्च पर की गई।

जल की शुद्धता

इस सबके बीच त्रिवेणी क्षेत्र में गंगा और जमुना दोनों ही नदियों के जल की शुद्धता और सफाई भी अपने सुखद रूप में मौजूदगी दर्ज करा रही थी। पहली ही नजर में नदियों के जल का बड़ा हुआ स्वच्छता स्तर लोगों का ध्यान आकृष्ट कर रहा था। संगम नोज (नदियों के मिलन स्थल) तक नावों से जाकर स्नान करना तीर्थयात्रियों में बहुत ही लोकप्रिय है। इसमें नावों

के लिए छोटे प्लास्टिक पैंटून से सुव्यवस्थित ढंग से 4 लेन की जल-सड़क का निर्माण जल यातायात को सुगम और सुरक्षित बना रहा था। घाटों पर हर 30 से 40 फीट से भी कम दूरी पर बने आधुनिक चेंज रूम (महिलाओं के कपड़े बदलने के स्थान) मेला क्षेत्र को महिलाओं के लिए अनुकूल, सुगम और सुरक्षित बना रहे थे।

पुलिस प्रबंधन

मेला क्षेत्र में 40 पुलिस थाने, 3 महिला पुलिस थाना और 60 पुलिस चौकियों के साथ 4 पुलिस लाइनें कुंभ मेला के एक भाग के रूप में स्थापित किए गए थे। इसी के साथ कुंभ के नदी क्षेत्र के चारों ओर जल पुलिस तीन इकाइयाँ स्थापित की गईं। एक घुड़सवार पुलिस लाइन की भी अलग से स्थापना की गई थी।

भीड़ का अद्भुत प्रबंधन

भीड़ प्रबंधन हेतु वीडियो विश्लेषण भीड़ प्रबंधन हेतु वास्तविक समय वीडियो के जरिए अत्यधिक भीड़ की दशा में वास्तविक समय की खोज एवं चेतावनी की व्यवस्था की गई थी। लघुगणक स्वचालित नंबर प्लेट पहचान तंत्र (ए.एन.पी.आर.) रंगों से वाहनों की पहचान वाहन का रंग/अनुज्ञप्ति प्लेट से वाहन की खोज एवं तिथि समय संयोजन बदलती हुई संदेश संप्रदर्शन बोर्ड वास्तविक काल की सूचना, चेतावनी प्रसारण, यातायात सुझाव, मार्ग दिशा-निर्देश एवं आकस्मिक संदेश विषय-वस्तु एवं चित्र आधारित संदेश संप्रदर्शन के साथ समेकित यातायात प्रबंधन तंत्र की स्थापना जैसे प्रबंध सनातन के इस महापर्व कुंभ को भव्य, विराट् बनाने के साथ ही स्वच्छ, सुगम, सुविधाजनक और सुरक्षित बना रहे थे।

जब मोदी ने स्वच्छता कर्मियों के पाँव पखारे

किसी को भरोसा ही नहीं हुआ, जब प्रधानमंत्री नरेंद्र मोदी ने स्वयं संगम पहुँचकर वहाँ के स्वच्छताकर्मियों का पाँव पखारने के बाद गंगा पूजन एवं

आरती किया। प्रधानमंत्री का यह सेवक संन्यासी का रूप देखकर दुनिया स्तब्ध थी। लोगों की आँखें भरी हुई थीं। अद्‌भुत दृश्य था। प्रधानमंत्री ने स्वयं संगम में स्नान किया। इस बार के कुंभ की तैयारियों से लेकर समापन तक उत्तर प्रदेश के मुख्यमंत्री योगी आदित्यनाथजी ने जितना परिश्रम किया, उसको शब्दों में नहीं लिखा जा सकता। स्वाधीन भारत का यह प्रथम कुंभ था, जिसमें सरकार की सनातन संवेदना और ऊर्जा समाहित हुई। सनातन का यह महापर्व इस प्रकार समाप्त हुआ।

□

9

साफ नजर आने लगी है देश की धड़कन गंगा

उत्तर प्रदेश में गंगा के तट पर स्थित वाराणसी से संसद् के लिए मई 2014 में जब प्रधानमंत्री पद के दावेदार नरेंद्र मोदी वाराणसी आए थे, तब कहा था, "मुझे न किसी ने कहा है, न किसी ने बुलाया है, मुझे तो माँ गंगा ने बुलाया है।" निर्वाचित होने के बाद प्रधानमंत्री मोदी ने कहा था, "माँ गंगा की सेवा करना मेरे भाग्य में है।"

आज प्रधानमंत्री का यह सपना पूरा हो रहा है। गंगा नदी का न सिर्फ सांस्कृतिक और आध्यात्मिक महत्त्व है, बल्कि देश की 40 प्रतिशत आबादी गंगा नदी पर निर्भर है। 2014 में न्यूयॉर्क में मेडिसन स्क्वायर गार्डन में भारतीय समुदाय को संबोधित करते हुए प्रधानमंत्री ने कहा था, "अगर हम इसे साफ करने में सक्षम हो गए, तो यह देश की 40 फीसदी आबादी के लिए एक बड़ी मदद साबित होगी। अत: गंगा की सफाई एक आर्थिक एजेंडा भी है।"

इस सोच को कार्यान्वित करने के लिए सरकार ने गंगा नदी के प्रदूषण को समाप्त करने और नदी को पुनर्जीवित करने के लिए 'नमामि गंगे' नामक एक एकीकृत गंगा संरक्षण मिशन का शुभारंभ किया। केंद्रीय मंत्रिमंडल ने नदी की सफाई के लिए बजट को चार गुना करते हुए पर 2019-2020 तक नदी की सफाई पर 20,000 करोड़ रुपए खर्च करने की केंद्र की प्रस्तावित कार्य योजना को मंजूरी दे दी और इसे 100 प्रतिशत केंद्रीय हिस्सेदारी के साथ एक केंद्रीय योजना का रूप दिया।

यह समझते हुए कि गंगा संरक्षण की चुनौती बहु-क्षेत्रीय और बहु-आयामी है। इसमें कई हितधारकों की भी भूमिका है। विभिन्न मंत्रालयों के बीच एवं केंद्र-राज्य के बीच समन्वय को बेहतर करने एवं कार्य-योजना की तैयारी में सभी की भागीदारी बढ़ाने के साथ केंद्र एवं राज्य स्तर पर निगरानी तंत्र को बेहतर करने के प्रयास किए गए हैं।

शुरुआती स्तर की गतिविधियों के अंतर्गत नदी की उपरी सतह की सफाई से लेकर बहते हुए ठोस कचरे की समस्या को हल करने; ग्रामीण क्षेत्रों की सफाई से लेकर ग्रामीण क्षेत्रों की नालियों से आते मैले पदार्थ (ठोस एवं तरल) और शौचालयों के निर्माण; शवदाह गृहों का नवीकरण, आधुनिकीकरण और निर्माण, ताकि अधजले या आंशिक रूप से जले हुए शवों को नदी में बहाने से रोका जा सके, लोगों और नदियों के बीच संबंध को बेहतर करने के लिए घाटों के निर्माण, मरम्मत और आधुनिकीकरण का लक्ष्य निर्धारित है।

मध्यम अवधि की गतिविधियों के अंतर्गत नदी में नगर निगम और उद्योगों से आनेवाले कचरे की समस्या को हल करने पर ध्यान दिया जाएगा। नगर निगम से आनेवाले कचरे की समस्या को हल करने के लिए अगले 5 वर्षों में 2500 एम.एल.डी. अतिरिक्त ट्रीटमेंट कैपेसिटी का निर्माण किया जाएगा। लंबी अवधि में इस कार्यक्रम को बेहतर और टिकाऊ बनाने के लिए प्रमुख वित्तीय सुधार किए जा रहे हैं। परियोजना के कार्यान्वयन के लिए वर्तमान में कैबिनेट हाइब्रिड वार्षिकी आधारित पब्लिक प्राइवेट पार्टनरशिप मॉडल पर विचार किया जा रहा है। अगर यह मंजूर हो जाता है तो विशेष प्रयोजन वाले वाहन सभी प्रमुख शहरों में रियायत का प्रबंधन करेगा, प्रयोग किए गए पानी के लिए एक बाजार बनाया जाएगा और परिसंपत्तियों की दीर्घकालिक स्थिरता सुनिश्चित की जाएगी।

औद्योगिक प्रदूषण की समस्या के समाधान के लिए बेहतर प्रवर्तन के माध्यम से अनुपालन को बेहतर बनाने के प्रयास किए जा रहे हैं। गंगा के किनारे स्थित ज्यादा प्रदूषण फैलानेवाले उद्योगों को गंदे पानी की मात्रा

कम करने या इसे पूर्ण तरीके से समाप्त करने के निर्देश दिए गए हैं। प्रदूषण नियंत्रण बोर्ड इन निर्देशों के कार्यान्वयन के लिए कार्य योजना पहले से ही तैयार कर चुका है। सभी श्रेणी के उद्योगों को विस्तृत विचार-विमर्श के साथ समय-सीमा दे दी गई है। सभी उद्योगों को गंदे पानी के बहाव के लिए रियल टाइम ऑनलाइन निगरानी केंद्र स्थापित करना होगा।

इस कार्यक्रम के तहत इन गतिविधियों के अलावा जैव विविधता संरक्षण, वनीकरण (वन लगाना) और पानी की गुणवत्ता की निगरानी के लिए भी कदम उठाए जा रहे हैं। महत्त्वपूर्ण प्रतिष्ठित प्रजातियों, जैसे गोल्डन महासीर, डॉल्फिन, घड़ियाल, कछुए, ऊदबिलाव आदि के संरक्षण के लिए कार्यक्रम पहले से ही शुरू किए जा चुके हैं। इसी तरह 'नमामि गंगे' के तहत जलवाही स्तर की वृद्धि, कटाव कम करने और नदी के पारिस्थितिकी-तंत्र की स्थिति में सुधार करने के लिए 30,000 हेक्टेयर भूमि पर वन लगाए जाएँगे। वनीकरण कार्यक्रम 2016 में शुरू किया गया। लंबी अवधि के तहत इ-फ्लो के निर्धारण, बेहतर जल उपयोग क्षमता, और सतही सिंचाई की क्षमता को बेहतर बनाकर नदी का पर्याप्त प्रवाह सुनिश्चित किया जा रहा है।

इसका उल्लेख करना आवश्यक है कि गंगा नदी की सफाई इसके सामाजिक-आर्थिक और सांस्कृतिक महत्त्व एवं विभिन्न उपयोगों के लिए इसका दोहन करने के कारण अत्यंत जटिल है।

उ.प्र. में निर्मल होने लगी गंगा

उत्तर प्रदेश की योगी सरकार ने 'नमामि गंगे योजना' को मिशन की तरह लिया। परिणाम अब धरातल पर नजर आने लगे हैं। अब तक नमामि गंगे की 15 परियोजनाएँ पूरी हो चुकी हैं। 19 परियोजनाओं पर काम चल रहा है। 11 परियोजनाओं की औपचारिकताएँ पूरी की जा रही हैं।

कानपुर में 128 साल पुराना सीसामऊ नाला गंगा के प्रदूषण में सबसे बड़ी बाधा था। पूरे शहर के गंदे नाले गंगा में गिरते थे। हर रोज 18 करोड़ लीटर गंदा पानी रोज गंगा में गिर रहा था। अब 95 प्रतिशत पानी ट्रीट होकर गंगा में

गिर रहा है। यहाँ गंगा मैली हो चुकी थी। पानी पीने लायक ही नहीं, छूने लायक भी नहीं था। गंगा की ऐसी दुर्दशा कहीं और नहीं थी। कानपुर के कुछ इलाकों में तो गंगा का पानी स्याह काला और बदबूदार हो चुका था। दूर से ही सड़ाँध मारती थी। अब यह नाला गंगा में गिरना बंद हो चुका है। सीसामऊ नाले में 140 एम.एल.डी. सीवेज को टैप कर 80 एम.एल.डी. बिनगवां एस.टी.पी. में तथा 60 एम.एल.डी. जाजमऊ एस.टी.पी. में शोधित किया जा रहा है।

वाराणसी में 140 एम.एल.डी. दीनापुर में एस.टी.पी. चल रहा है। इससे बायोगैस बनाई जा रही है। इसी गैस से विद्युत् उत्पादन भी किया जा रहा है। बिजनौर से बलिया तक 155 नालों का भी सफाई और शोधन कार्य चल रहा है।

नमामि गंगे यात्रा

योगी सरकार ने नमामि गंगे यात्रा निकालकर लगभग 7 करोड़ 83 लाख लोगों से जनसंपर्क कर निर्मल एवं अविरल गंगा के प्रति जागरूक किया गया। इस दौरान आयुष्मान कार्ड का वितरण, राशन कार्ड का वितरण, मनरेगा के तहत रोजगार, गंगा नर्सरी, स्वास्थ्य मेला, पशु मेला, शवदाह–गृहों का निर्माण, जीरो बजट खेती का प्रशिक्षण, नवीन शौचायलों के निर्माण के साथ ही पर्यावरण संरक्षण और पॉलिथीन मुक्ति के लिए जन–जागरूकता अभियान चलाया गया।

पूरे प्रदेश में जहाँ जहाँ से गंगा गुजरती है, वहाँ के छोटे–छोटे घाटों को सँवारा जा रहा है। हर घाट पर आनेवाले दिनों में गंगा आरती शुरू की जाएगी। कुछ घाटों पर शुरू भी हो चुकी है। गंगा अब सँवर रही है। गंगा हिलोरें ले रही है। फिर इठलाने लगी है। तभी तो जब कुंभ में देश–विदेश से करोड़ों लोग पहुँचे, तो गंगा शुद्ध थी। निर्मल थी, अविरल थी, साफ थी। गंगा, तुम ऐसे ही बहती रहो। तुम माँ हो। हमारी साँसों का स्पंदन हो। हमारी गति हो। हमारी अधोगति हो। हमारे प्राण हो। हमारी मुक्ति हो। गंगा, तुम बस बहती रहो।

□

10

पूर्वांचल एक्सप्रेस से बदलेगी तसवीर

करीब 22,500 करोड़ की लागत से बन रहा देश का सबसे लंबा एक्सप्रेस-वे 'पूर्वांचल एक्सप्रेस-वे' इस साल के आखिर तक चालू हो सकता है। कोविड-19 लॉकडाउन के चलते इसके निर्माण कार्य में दो महीने की हुई देरी के बावजूद यह एक्सप्रेस अपनी आधिकारिक समय-सीमा अप्रैल 2021 से महीने पहले पूरा हो जाएगा। 341 किमी. लंबा और 8 लेन वाला यह एक्सप्रेस-वे लखनऊ के चाँद सराई से शुरू होकर गाजीपुर के हैदरिया तक जाएगा। इस एक्सप्रेस-वे का निर्माण इंजीनियरिंग, प्रोक्यूरमेंट एंड कंस्ट्रक्शन (EPC) के आधार पर हो रहा है। इससे उत्तर प्रदेश के कृषि आधारित नौ पूर्व जिलों को न केवल सीधे लखनऊ से जोड़ा जा सकेगा, बल्कि उन्हें 302 किमी. लंबे आगरा लखनऊ एक्सप्रेस-वे और 165 किमी. आगरा ग्रेटर नोएडा यमुना एक्सप्रेस-वे के जरिए राष्ट्रीय राजधानी दिल्ली से भी कनेक्ट किया जा सकेगा।

उत्तर प्रदेश एक्सप्रेस-वे इंडस्ट्रियल डेवलपमेंट अथॉरिटी (UPEIDA) के मुख्य कार्यकारी अधिकारी (CEO) अवनीश अवस्थी का कहना है कि लॉकडाउन से पहले 10,000 श्रमिक काम कर रहे थे। लेकिन हमने 8 पैकेज में काम कर ही कंपनियों को पूरी रफ्तार से काम चालू रखने और इसे पूरा करने के लिए कहा है। यदि मानसून इस साल कमजोर रहता है, जैसा अनुमान है, तो प्रोजेक्ट इस साल के अंत तक पूरा हो सकता है।

जुलाई 2018 में शुरू हुआ काम

80 फीसदी मिट्टी की खुदाई का काम पूरा हो चुका है और प्रोजेक्ट का करीब 48 फीसदी फिजिकल काम भी पूरा हो चुका है। शेष 52 फीसदी काम बढ़े हुए श्रमिकों की संख्या के आधार पर तय समय-सीमा में पूरा हो जाएगा। नौ जिलों से एक्सप्रेस-वे गुजरेगा।

उत्तर प्रदेश के मुख्यमंत्री योगी आदित्यनाथ का फ्लैगशिप प्रोजेक्ट को सरकार ने आठ हिस्सों में जुलाई 2018 में शुरू किया। इसके लिए पाँच कंपनियों—पी.एन.सी. इंफ्राटेक लिमिटेड, गायत्री प्रोजेक्ट्स, जी.आर. इंफ्रा ओरिएंटल स्ट्रक्चरल इंजीनियरिंग और एप्को इंफ्रा को ठेका दिया गया है।

एक्सप्रेस-वे बदलेगा इन 9 जिलों की अर्थव्यवस्था

पूर्वांचल एक्सप्रेस-वे प्रदेश के नौ जिलो बाराबंकी, अमेठी, अयोध्या, सुल्तानपुर, अंबेडकर नगर, आजमगढ़, मऊ और गाजीपुर से गुजरेगा। ये जिले प्रदेश के सबसे पिछड़े जिलों में शामिल हैं। एक्सप्रेस-वे के निर्माण से इस अल्प विकसित क्षेत्र के ट्रांसफार्मेशन हो सकेगा और आर्थिक संपन्नता आएगी। यह एक्सप्रेस-वे न केवल इस क्षेत्र के विकास में अहम रोल अदा करेगा, बल्कि यह लोगों की जीवन-शैली में भी बदलाव लाएगा। औद्योगिक और वाणिज्यिक गतिविधियों के अलावा पर्यटन का भी इन क्षेत्रों में विस्तार होगा। पूर्वांचल एक्सप्रेस-वे अलग-अलग मैन्युफैक्चरिंग यूनिट के लिए इंडस्ट्रियल कॉरिडोर और एग्रीकल्चर सेंटर की तरह काम करेगा।

पूर्वांचल क्षेत्र से सामानों का बड़े बाजारों में परिवहन आसान हो सकेगा, जो अब तक धन और समय के लिहाज से काफी खर्चीला है, खासकर इस इलाके के एग्री प्रोडक्ट, जो जल्दी खराब हो जाते हैं, उनका एक्सप्रेस-वे के जरिए आसानी से बड़े शहरों तक ट्रांसपोर्टेशन किया जा सकेगा। इस एक्सप्रेस-वे पर प्रवेश और निकासी के लिए 11 इंटरचेंज का प्रावधान किया गया है। इसे गोरखपुर से जोड़ने के लिए लगभग 92 किमी. लंबे गोरखपुर लिंक एक्सप्रेस-वे का निर्माण प्रगति पर है।

बुंदेलखंड एक्सप्रेस-वे

विकास का 'रास्ता' खोज रहे बुंदेलखंड के लोगों के लिए खुशखबरी है। प्रधानमंत्री नरेंद्र मोदी ने चित्रकूट में 296 किलोमीटर लंबे बुंदेलखंड एक्सप्रेस-वे का शिलान्यास कर विकास की राह खोल दी है।

बुंदेलखंड एक्सप्रेस-वे से चित्रकूट, बाँदा, महोबा, हमीरपुर, जालौन, औरैया और इटावा जिलों को लाभ मिलने की उम्मीद है। 14 हजार, 849.09 करोड़ की लागत से बननेवाला यह एक्सप्रेस-वे बुंदेलखंड क्षेत्र को सड़क मार्ग के जरिए राष्ट्रीय राजधानी दिल्ली से जोड़ेगा। करीब 296 किलोमीटर लंबा यह एक्सप्रेस-वे अभी चार लेन का होगा। भविष्य में इसे छह लेन तक विस्तारित किए जाने की योजना है।

एक्सप्रेस-वे बनने से दिल्ली तक की दूरी कम होगी, जिससे डीजल और पेट्रोल की खपत घटने से प्रदूषण भी घटेगा। इसके लिए अब तक 95 फीसदी से अधिक भूमि का अधिग्रहण भी हो चुका है। नीति आयोग ने कायाकल्प के लिए उत्तर प्रदेश के जिन 8 जिलों को चुना है, उनमें चित्रकूट भी शामिल है। प्रदेश के अन्य जिलों से बुंदेलखंड को जोड़ेगा। एक्सप्रेस-वे बुंदेलखंड एक्सप्रेस-वे चित्रकूट के भरतकूप से इटावा होकर आगरा-लखनऊ एक्सप्रेस-वे पर कुदरैल के पास मिलेगा। इससे बुंदेलखंड का जुड़ाव यमुना एक्सप्रेस-वे, पूर्वांचल एक्सप्रेस-वे से होगा। दूसरे जिलों तक पहुँच आसान होगी। भविष्य में गोरखपुर लिंक एक्सप्रेस-वे, प्रयागराज एक्सप्रेस-वे के पूर्वांचल एक्सप्रेस-वे से जुड़ने पर पूरे प्रदेश में एक्सप्रेस-वे फर्राटेदार और सुगम सफर का साधन बनेंगे।

मुख्यालय से सटे मवई के पास तो अब सी.एम. के डीम प्रोजेक्ट बुंदेलखंड एक्सप्रेस-वे का कार्य दिखने लगा है। कनवारा-अछरौड़ केन नदी घाट में 500 मीटर लंबा पुल फोर लेन बनेगा। इस पुल में कुल 22 पिलर होंगे। इस पुल के फाउंडिंग लेबल का काम लगभग पूरा हो चुका है।

गंगा एक्सप्रेस-वे

पर्यावरण मंजूरियों संबंधी तमाम दिक्कतों के दूर होने के बाद 602 किमी. लंबे गंगा एक्सप्रेस-वे प्रोजेक्ट को एक नया जीवन मिल गया है। उत्तर प्रदेश सरकार ने 2025 तक इस प्रोजेक्ट के पूरा करने की समय-सीमा रखी है। मुंबई-नागपुर के 701 किमी. लंबे एक्सप्रेस-वे के बाद यह दूसरा सबसे लंबा एक्सप्रेस-वे है। गंगा एक्सप्रेस-वे पश्चिम उत्तर प्रदेश में मेरठ से कनेक्ट होगा, जो पूर्वी उत्तर प्रदेश में प्रयागराज से जुड़ेगा। इसके अलावा यह एक्सप्रेस-वे 13 जिलों को जोड़ेगा, खासकर बड़े औद्योगिक शहर इससे कनेक्ट होंगे। इनमें मेरठ, गाजियाबाद, हापुड़, अमरोहा, संभल, बदायूँ, शाहजहाँपुर, हरदोई, उन्नाव, रायबरेली, अमेठी, प्रतापगढ़ और प्रयागराज जैसे शहर शामिल हैं। गंगा एक्सप्रेस-वे के दूसरे चरण के मंजूरी के बाद इसका विस्तार पूर्वी उत्तर प्रदेश के अंतिम छोर बलिया तक हो जाता है, तो यह देश का सबसे लंबा एक्सप्रेस हो जाएगा, जिसकी लंबाई करीब 900 किमी. होगी।

मुख्यमंत्री योगी आदित्यनाथ ने यू.पी. एक्सप्रेस-वे इंडस्ट्रियल डेवलपमेंट अथॉरिटी (UPEIDA) से गंगा एक्सप्रेस को प्रधानमंत्री मोदी के संसदीय क्षेत्र वाराणासी तक लिंक करने पर विचार करने के लिए किया है। इस एक्सप्रेस-वे के दूसरे चरण का प्रस्ताव पेश किया जा चुका है। इसके तहत गंगा एक्सप्रेस-वे का विस्तार बिहार की सीमा से लगे उत्तर प्रदेश के बलिया जिले तक किया जाएगा। दूसरे चरण में गंगा एक्सप्रेस-वे का करीब 300 किमी. का विस्तार होगा। इसके बाद यह देश का सबसे लंबा एक्सप्रेस-वे हो जाएगा। इसके साथ ही पूर्वी उत्तर प्रदेश एक्सप्रेस-वे के जाल के जरिए राष्ट्रीय राजधानी से जुड़ जाएगा।

गंगा एक्सप्रेस-वे की खास बातें

- पहले फेज में यह एक्सप्रेस-वे 6 लेन का होगा, जिसे 8 लेन तक बढ़ाया जा सकता है। यह मध्य और पश्चिमी उत्तर प्रदेश के करीब 555 गाँवों को कवर करेगा, जो एग्रीकल्चर और इंडस्ट्रियल

गतिविधियों का एक हब है।

- प्रोजेक्ट की नोडल एजेंसी UPEIDA ने कंस्ट्रक्शन लागत का अनुमान 23,436.88 करोड़ रुपए जताया है। इसमें भूमि अधिग्रहण की लागत अतिरिक्त 10,000 करोड़ रुपए है। इस प्रोजेक्ट की कुल लागत 39,298 करोड़ रुपए है।
- यह ड्रीम प्रोजेक्ट के पूरा होने से दिल्ली और प्रयागराज के बीच यात्रा का समय मौजूदा 10-11 घंटे से घटकर 6-7 घंटे रह जाएगा।
- इस एक्सप्रेस-वे में 292 अंडरपास, 8 आर.ओ.बी., 10 फ्लाईओवर, 19 इंटरचेंज और 137 ब्रिज बनेंगे।
- मायावती सरकार ने 2007 में इस एक्सप्रेस-वे का पहली बार प्रस्ताव रखा था। उस वक्त यह 1047 किमी. लंबा प्रोजेक्ट था।
- इलाहाबाद हाईकोर्ट की तरफ से 2009 में मिली पर्यावरण मंजूरियाँ खारिज हो जाने के बाद प्रोजेक्ट ठप हो गया। शुरुआती प्रस्ताव के मुताबिक यह प्रोजेक्ट गंगा बेसिन में था, जिसके चलते यह प्रोजेक्ट अटक गया।
- योगी सरकार ने प्रोजेक्ट पर रिवर्क किया और गंगा नदी के तट से 10 किमी. दूर से एक्सप्रेस-वे को ले जाने का फैसला किया।

एक दर्जन नए एयरपोर्ट पर चल रहा है काम

रीजनल कनेक्टिविटी स्कीम 'उड़ान' के तहत प्रदेश में 12 नए हवाई अड्डे बनाए जाएँगे। प्रदेश के नागरिक उड्डयन पहले चरण में आगरा और कानपुर एयरपोर्ट बनाए जाएँगे। दूसरे चरण में इलाहाबाद, अलीगढ़, आजमगढ़, बरेली, चित्रकूट, हिंडन, झाँसी, मुरादाबाद, म्योरपुर (सोनभद्र) और श्रावस्ती में एयरपोर्ट बनाए जाएँगे। राजधानी लखनऊ को हवाई मार्ग के जरिए मंडल मुख्यालयों से जोड़ने और प्रदेश के प्रमुख शहरों में हवाई सेवाओं के विस्तार के लिए राज्य सरकार विमानों में खाली सीटों का किराया वहन करेगी।

साथ ही टिकट पर मिलनेवाले जी.एस.टी. में से राज्यांश भी तीन वर्ष तक कंपनियों को लौटाया जाएगा। विमान पत्तन प्राधिकरण के साथ हुए अनुबंध के तहत हवाई अड्डे के लिए राज्य सरकार नि:शुल्क जमीन उपलब्ध कराएगी। साथ ही एयरपोर्ट तक पहुँचने के लिए सड़क, मेट्रो आदि की सुविधा भी मुहैया कराएगी।

राज्य सरकार ही तेल कंपनियों के जरिए एयरपोर्ट पर विमानों में तेल भरने के लिए टैंक और संसाधन भी मुहैया कराएगी। हवाई अड्डों पर सुरक्षा और अग्निशमन के इंतजाम के साथ पानी, बिजली, एंबुलेंस व चिकित्सा सुविधाएँ भी राज्य सरकार उपलब्ध कराएगी।

देश का सबसे बड़ा एयरपोर्ट जेवर में बनेगा

ग्रेटर नोएडा के जेवर में बननेवाले भारत के सबसे बड़े एयरपोर्ट के लिए कामकाज तेज हो गया है। स्विट्ज़रलैंड की कंपनी ज्यूरिख एयरपोर्ट इंटरनेशनल ए.जी. की टीम पहुँची है और उसने साइट का दौरा करने के अलावा ग्रेटर नोएडा इंटरनेशनल एयरपोर्ट लिमिटेड (NIAL) के अधिकारियों से मुलाकात की है। कंपनी जल्दी ही जरूरी सुरक्षा मंजूरी के लिए गृह मंत्रालय में आवेदन करेगी।

इसी साल शुरू होगा निर्माण

जेवर इंटरनेशनल ग्रीनफील्ड एयरपोर्ट के पहले चरण को 2020 में दुनिया के 100 रणनीतिक ग्लोबल इंफ्रास्ट्रक्चर प्रोजेक्ट में शामिल किया गया है। इसको लेकर अमेरिका के न्यूयॉर्क में 25 से 27 मार्च तक होनेवाले 13वें ग्लोबल इंफ्रास्ट्रक्चर लीडरशिप फोरम में उ.प्र. सरकार को आमंत्रित किया गया।

एविएशन के क्षेत्र में यू.पी. और सर्बिया के प्रोजेक्ट को चुना गया है। करीब दो दशक से लंबित चल रही जेवर अंतरराष्ट्रीय एयरपोर्ट की परियोजना को योगी सरकार ने सत्ता सँभालते ही रफ्तार दी। मुख्यमंत्री योगी आदित्यनाथ ने इस परियोजना के लिए दो वर्ष से कम समय में भूमि अधिग्रहण की

चित्र : उ.प्र. सू.वि.

मा. प्रधानमंत्री श्री नरेंद्र मोदी, राज्यपाल श्री राम नाईक, श्री योगी आदित्यनाथ को प्रदेश के मुख्यमंत्री पद की शपथ दिलाते हुए; 19 मार्च, 2017

चित्र : उ.प्र. सू.वि.

मा. प्रधानमंत्री श्री नरेंद्र मोदीजी को जनपद अयोध्या में श्रीरामजन्मभूमि मंदिर निर्माण कार्य के शुभारंभ के अवसर पर स्मृति-चिह्न भेंट करते मा. मुख्यमंत्री श्री योगी आदित्यनाथ; 5 अगस्त, 2020

चित्र : उ.प्र. सू.वि.

मा. मुख्यमंत्री श्री योगी आदित्यनाथ जनपद वाराणसी में आयोजित 'देव दीपावली' कार्यक्रम के अवसर पर; 19 मार्च, 2017

चित्र : उ.प्र. सू.वि.

मा. मुख्यमंत्री श्री योगी आदित्यनाथ लखनऊ मेट्रो रेल के प्रथम चरण में ट्रांसपोर्ट नगर से चारबाग तक के संचालन को झंडी दिखाकर रवाना करते हुए; 5 सितंबर, 2017

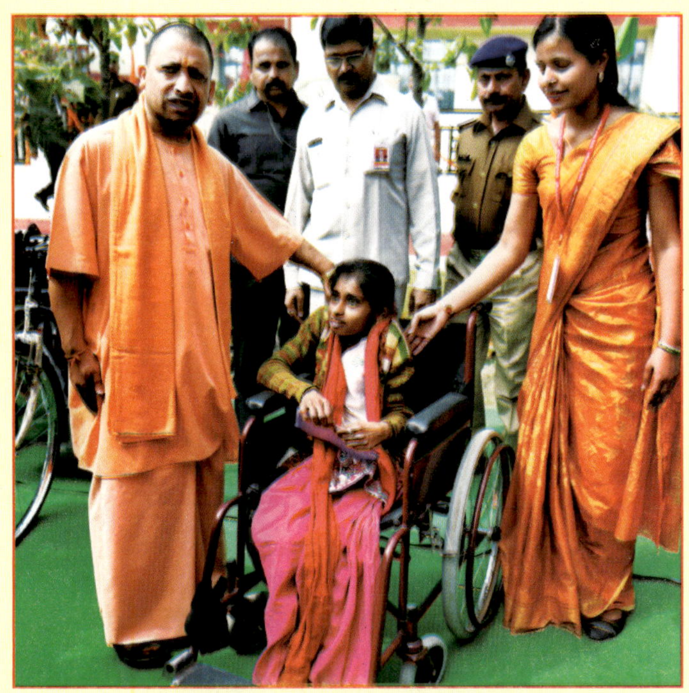

मा. मुख्यमंत्री श्री योगी आदित्यनाथ, जनपद शाहजहाँपुर में आयोजित कार्यक्रम में दिव्यांगों को ट्राईसिकल बाँटते हुए; 25 फरवरी, 2018

चित्र : उ.प्र. सू.वि.

मा. प्रधानमंत्री श्री नरेंद्र मोदी, राज्यपाल श्री राम नाईक एवं मुख्यमंत्री श्री योगी आदित्यनाथ जनपद आजमगढ़ में 'पूर्वांचल एक्सप्रेस-वे' के शिलान्यास अवसर पर; 14 जुलाई, 2018

चित्र : उ.प्र. सू.वि.

मा. मुख्यमंत्री श्री योगी आदित्यनाथ, केंद्रीय सड़क परिवहन, जल संसाधन एवं गंगा सफाई मंत्री श्री नितिन गडकरी, सांसद डॉ. मुरली मनोहर जोशी, जनपद कानपुर में जनप्रतिनिधिगण व अधिकारियों के साथ गंगा के घाटों के निर्माण कार्य व सफाई का निरीक्षण करते हुए; 13 अगस्त, 2018

चित्र : उ.प्र. सू.वि.

मा. मुख्यमंत्री श्री योगी आदित्यनाथ दीप जलाकर वृंदावन-मथुरा में ब्रज विकासोत्सव कार्यक्रम का शुभारंभ करते हुए; 31 अगस्त, 2018

चित्र : उ.प्र. सू.वि.

मा. मुख्यमंत्री श्री योगी आदित्यनाथ, जनपद अयोध्या में दक्षिण कोरिया गणराज्य की प्रथम महिला किम जोंग-सूक जी के साथ नया घाट पर पवित्र सरयूजी के पूजन एवं आरती करते हुए; 6 नवंबर, 2018

चित्र : उ.प्र. सू.वि.

मा. प्रधानमंत्री श्री नरेंद्र मोदी, मुख्यमंत्री श्री योगी आदित्यनाथ, जनपद गोरखपुर में 'प्रधानमंत्री किसान सम्मान निधि योजना (पी.एम.-किसान)' के शुभारंभ के अवसर पर किसानों के खाते में डी.बी.टी. के माध्यम से धनराशि अंतरित करते हुए; 24 फरवरी, 2019

चित्र : उ.प्र. सू.वि.

मा. प्रधानमंत्री श्री नरेंद्र मोदी, प्रयागराज में कुंभ मेला-2019 को स्वच्छ एवं सुरक्षित बनाने वाले स्वच्छताकर्मियों, पुलिसकर्मियों व नाविकों के सम्मान में आयोजित 'स्वच्छ कुंभ स्वच्छ आभार' कार्यक्रम में स्वच्छताकर्मियों के पाँव पखारते हुए; 24 फरवरी, 2019

चित्र : उ.प्र. सू.वि.

मा. मुख्यमंत्री श्री योगी आदित्यनाथ, जनपद एटा में राजकीय मेडिकल कॉलेज सहित विभिन्न विकास परियोजनाओं के शिलान्यास व लोकार्पण कार्यक्रम के अवसर पर महिला लाभार्थियों को प्रधानमंत्री आवास योजना (ग्रामीण) की प्रतीकात्मक चाबी देते हुए; 26 फरवरी, 2019

चित्र : उ.प्र. सू.वि.

भाजपा के राष्ट्रीय अध्यक्ष श्री जे.पी. नड्डा की उपस्थिति में मा. मुख्यमंत्री श्री योगी आदित्यनाथ, जनपद हरदोई में राजकीय मेडिकल कॉलेज सहित विभिन्न विकास परियोजनाओं के शिलान्यास व लोकार्पण अवसर पर महिला लाभार्थी को स्वच्छ भारत मिशन (ग्रामीण) का प्रमाण-पत्र देते हुए; 26 फरवरी, 2019

चित्र : उ.प्र. सू.वि.

मा. मुख्यमंत्री श्री योगी आदित्यनाथ अपने सरकारी आवास पर राष्ट्रीय पोषण माह के शुभारंभ के अवसर पर गर्भवती महिलाओं की गोदभराई करते हुए; 1 सितंबर, 2019

चित्र : उ.प्र. सू.वि

मा. मुख्यमंत्री श्री योगी आदित्यनाथ अपने सरकारी आवास पर राष्ट्रीय पोषण माह के शुभारंभ के अवसर पर 6-7 माह के आयु के बच्चे का अन्नप्राशन संस्कार करते हुए; 1 सितंबर, 2019

चित्र : उ.प्र. सू.वि.

मा. मुख्यमंत्री श्री योगी आदित्यनाथ, हजरतगंज में राष्ट्रपिता महात्मा गांधी की 150वीं जयंती के अवसर 'स्वच्छता ही सेवा' कार्यक्रम के अंतर्गत श्रमदान करते हुए; 2 अक्तूबर, 2019

चित्र : उ.प्र. सू.वि.

मा. राज्यपाल श्रीमती आनंदी बेन पटेल एवं मुख्यमंत्री श्री योगी आदित्यनाथ जनपद अयोध्या में स्थित राम की पैड़ी/सरयू आरती स्थल पर आयोजित दीपोत्सव-2019 के अवसर पर उपस्थित; 26 अक्तूबर, 2019

चित्र : उ.प्र. सू.वि.

मा. श्री योगी आदित्यनाथ जनपद पीलीभीत में विभिन्न विकास योजनाओं के शिलान्यास व लोकार्पण तथा मुख्यमंत्री सामूहिक विवाह योजना के महिला लाभार्थी को मुख्यमंत्री आवास योजना (ग्रामीण)/प्रधानमंत्री आवास योजना (शहरी) की प्रतीकात्मक चाबी भेंट करते हुए; 14 नवंबर, 2019

चित्र : उ.प्र. सू.वि.

मा. मुख्यमंत्री श्री योगी आदित्यनाथ जनपद झाँसी में दीनदयाल उपाध्याय राष्ट्रीय आजीविका मिशन के तत्त्वावधान में बालिनी दुग्ध उत्पादक कंपनी लिमिटेड के उद्घाटन के अवसर पर एक महिला लाभार्थी को ट्रैक्टर की प्रतीकात्मक चाबी भेंट करते हुए; 7 दिसंबर, 2019

चित्र : उ.प्र. सू.वि.

मा. मुख्यमंत्री श्री योगी आदित्यनाथ जनपद कानपुर नगर में प्रधानमंत्रीजी के प्रस्तावित भ्रमण की तैयारियों की समीक्षा के दौरान सेल्फी लेते हुए; 12 दिसंबर, 2019

चित्र : उ.प्र. सू.वि.

मा. प्रधानमंत्री श्री नरेंद्र मोदी एवं मुख्यमंत्री श्री योगी आदित्यनाथ चंद्रशेखर आजाद कृषि एवं प्रौद्योगिकी विश्वविद्यालय, कानपुर में राष्ट्रीय गंगा परिषद् की प्रथम बैठक करते हुए; 14 दिसंबर, 2019

चित्र : उ.प्र. सू.वि.

मा. प्रधानमंत्री श्री नरेंद्र मोदी कानपुर में 'राष्ट्रीय गंगा परिषद्' की प्रथम बैठक के उपरांत अटल घाट से सीसामऊ नाले तक साफ-सफाई का निरीक्षण करते हुए। साथ में हैं मा. मुख्यमंत्री श्री योगी आदित्यनाथ, उत्तराखंड के मुख्यमंत्री श्री त्रिवेंद्र सिंह रावत एवं बिहार के उप-मुख्यमंत्री श्री सुशील कुमार मोदी; 14 दिसंबर, 2019

चित्र : उ.प्र. सू.वि.

मा. मुख्यमंत्री श्री योगी आदित्यनाथ विधान भवन में पूर्व प्रधानमंत्री और किसान नेता स्व. चौधरी चरण सिंह की 117वीं जयंती पर आयोजित किसान सम्मान दिवस के अवसर पर एक कृषक को सम्मानित करते हुए; 23 दिसंबर, 2019

चित्र : उ.प्र. सू.वि.

मा. मुख्यमंत्री श्री योगी आदित्यनाथ, जनपद बिजनौर में गंगा-यात्रा के शुभारंभ कार्यक्रम के अवसर पर अपने विचार व्यक्त करते हुए; 27 जनवरी, 2020

चित्र : उ.प्र. सू.वि.

मा. मुख्यमंत्री श्री योगी आदित्यनाथ, जनपद चंदौली में मुख्यमंत्री आरोग्य मेले के शुभारंभ के अवसर पर एक बच्चे को अन्नप्राशन कराते हुए; 2 फरवरी, 2020

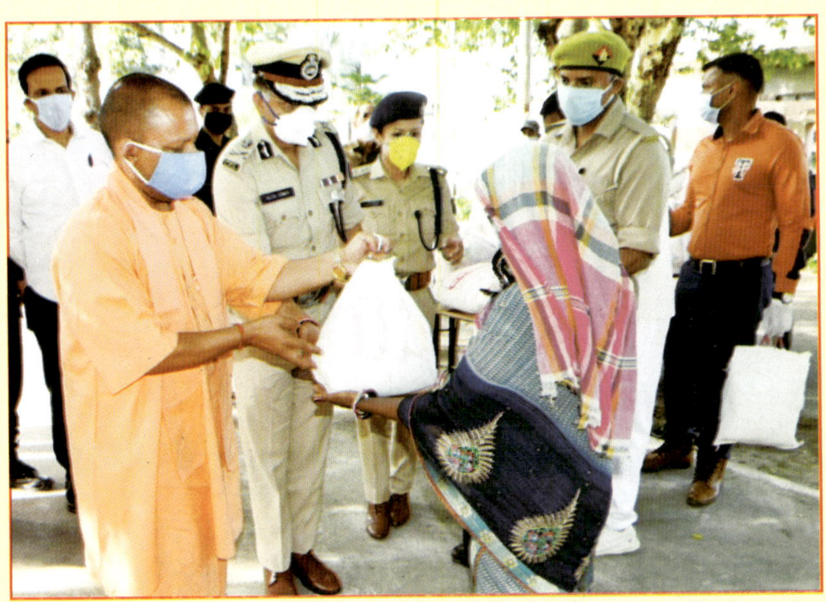

चित्र : उ.प्र. सू.वि.

मा. मुख्यमंत्री श्री योगी आदित्यनाथ, जनपद गौतमबुद्ध में कोरोना वायरस (कोविड-19) के दौरान जरूरतमंदों को खाद्य-राहत सामग्री वितरित करते हुए; 30 मार्च, 2020

चित्र : उ.प्र. सू.वि.

मा. मुख्यमंत्री श्री योगी आदित्यनाथ लखनऊ के अपने सरकारी आवास पर कोरोना वायरस (कोविड-19) पर नियंत्रण हेतु लागू लॉकडाउन व्यवस्था की समीक्षा करते हुए; 31 मार्च, 2020

चित्र : उ.प्र. सू.वि.

मा. मुख्यमंत्री श्री योगी आदित्यनाथ, अपने सरकारी आवास पर आयोजित कार्यक्रम में अग्निशमन विभाग के 56 फायर टेंडर्स को झंडी दिखाकर रवाना करते हुए। ये फायर टेंडर अग्निशमन कार्यों के साथ ही वर्तमान में कोरोना वायरस (कोविड-19) के संक्रमण के प्रसार को रोकने के लिए विभिन्न जनपदों में सेनिटाइजेशन का कार्य भी करेंगे; 8 अप्रैल, 2020

चित्र : उ.प्र. सू.वि.

मा. मुख्यमंत्री श्री योगी आदित्यनाथ अपने सरकारी आवास पर राज्य के आयुष विभाग द्वारा विकसित 'आयुष कवच-कोविड' एप को लॉञ्च करते हुए; 5 मई, 2020

चित्र : उ.प्र. सू.वि.

मा. प्रधानमंत्री श्री नरेंद्र मोदी, मुख्यमंत्री श्री योगी आदित्यनाथ, श्री मोहनराव भागवत एवं महंत नृत्य गोपालदास, जनपद अयोध्या में श्रीरामजन्मभूमि मंदिर निर्माण कार्य का शुभारंभ करते हुए; 5 अगस्त, 2020

चित्र : उ.प्र. सू.वि.

मा. प्रधानमंत्री श्री नरेंद्र मोदी, राज्यपाल श्रीमती आनंदी बेन पटेल, मुख्यमंत्री श्री योगी आदित्यनाथ, संघ प्रमुख मा. श्री मोहन भागवत जनपद अयोध्या में श्रीरामजन्मभूमि मंदिर निर्माण कार्य के भूमि पूजन के अवसर पर; 5 अगस्त, 2020

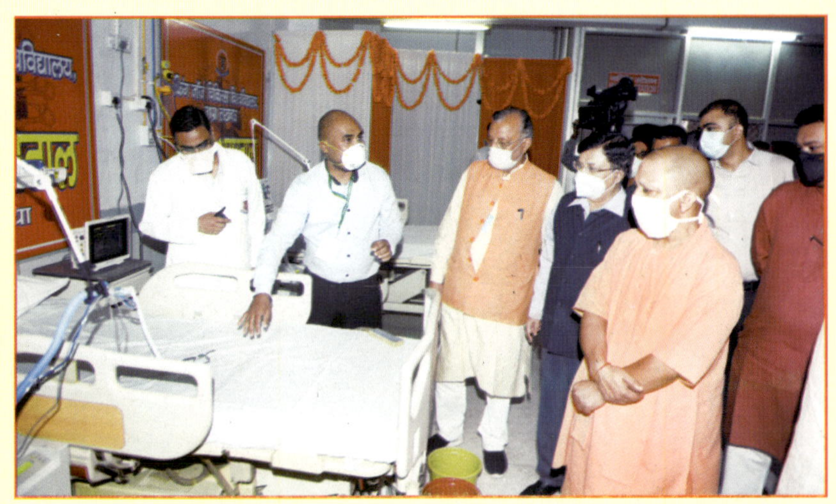

चित्र : उ.प्र. सू.वि.

मा. मुख्यमंत्री श्री योगी आदित्यनाथ किंग जॉर्ज चिकित्सा विश्वविद्यालय, लखनऊ में नवनिर्मित 320 बेड के कोविड अस्पताल के लोकार्पण के उपरांत निरीक्षण करते हुए; 7 अगस्त, 2020

कारवाई को पूरा कराने के साथ ग्लोबल टेंडर किया और अपेक्षा से अधिक दर पर ज्यूरिख एयरपोर्ट इंटरनेशनल ए.जी. को इसका टेंडर भी दिया। जेवर अंतरराष्ट्रीय एयरपोर्ट के लिए पहले चरण में 1,334 हेक्टेयर जमीन का अधिग्रहण किया गया है।

यह एयरपोर्ट एशिया का दूसरा सबसे बड़ा हवाई अड्डा होगा। 30 हजार करोड़ रुपए के निवेश से बन रही इस परियोजना से एक लाख से अधिक लोगों को रोजगार मिलेगा। इस एयरपोर्ट से नोएडा, ग्रेटर नोएडा, गाजियाबाद और यमुना एक्सप्रेस-वे के करीब नए उद्योग स्थापित होने से एक लाख करोड़ रुपए का निवेश भी आएगा। इससे अर्थव्यवस्था को नई रफ्तार मिलेगी। 2022-23 में यहाँ से फ्लाइट्स का संचालन भी शुरू होने की उम्मीद जताई जा रही है। हालाँकि कोरोना महामारी के चलते इस प्रोजेक्ट में अब कुछ विलंब भी हो सकता है।

नया शहर बसाएँगे

एयरपोर्ट के पास एक शहर बसाया जाएगा। यहाँ घर, दफ्तर और बाजार सभी आसपास होंगे। क्लीन सिटी-ग्रीन सिटी की थीम पर बसनेवाले इस शहर में यूरोपीय देशों का प्रभाव दिखेगा।

□

11

शिक्षा माफियाओं पर लगी लगाम

यू.पी. की बदहाल शिक्षा-व्यवस्था में आमूलचूल परिवर्तन

पिछली सरकारों में यू.पी. की शिक्षा-व्यवस्था पर सवाल उठाए जाते रहे हैं। प्रवेश से लेकर परीक्षा तक शिक्षा माफिया हावी रहते थे। शिक्षा-व्यवस्था में नकल यहाँ की पहचान थी। मगर जबसे योगी सरकार ने सत्ता सँभाला है तबसे पूरी शिक्षण व्यवस्था ही बदल गई। यह सरकार की इच्छाशक्ति की बदौलत हुआ। सरकार में महज 12 से 15 दिनों के अंदर यू.पी. बोर्ड की परीक्षा कराई। नकल नहीं होने दिया। समय से रिजल्ट निकाले। आनेवाले दिनों में शिक्षण व्यवस्था में बड़े बदलाव की तैयारी है। शैक्षणिक कलेंडर घोषित करने के साथ ही कोरोना काल में प्राथमिक विद्यालयों में ऑनलाइन पढ़ाई हो रही है। सरकार निजी कॉलेजों के शुल्क निर्धारित करने जा रही है।

नकल के नेक्सस को तोड़ा

शिक्षा किसी राष्ट्र की आर्थिक, सामाजिक समृद्धता से जुड़ा है। इसके पहले जो स्थिति थी, वह बहुत ही खराब थी। डिप्टी सी.एम. दिनेश शर्मा बताते हैं कि जब उन्होंने पद ग्रहण किया, तो कुछ ही दिन बाद परीक्षा शुरू हो गई। उन्हें एक कॉलेज पर जाने का मौका मिला। बाहर एक वैन खड़ी थी और उसमें बोरी में कागज थे। पता चला, नकल सामग्री पकड़ी गई है। 2017 के पहले की सरकारों में नकल एक उद्योग था। यह हजारों करोड़ का

बिजनेस बन गया था। नकल के नए तरीके इजाद किए गए थे। जिसमें पहला तरीका यह था कि कॉपी में परची रहती थी। दूसरा तरीका, किताब का पन्ना ही फाड़कर नकल किया जाता था। तीसरा, कॉपी बदलकर लिखते थे। चौथा तरीका, यह मिस्टर ए के स्थान पर बी लिखता था, जिसे लेखक कहते थे। सबकुछ जानते हुए भी कॉलेज प्रबंधन कुछ नहीं बोलते थे। इस खेल में बड़े-बड़े कोचिंग संस्थान, कॉलेज, शिक्षा माफिया का नेक्सस था। इस व्यवस्था पर अंकुश पाना था। बस थोड़ी सख्ती की गई, तो कई लाख लोग परीक्षा छोड़कर चले गए। स्कूल प्रबंधन भी डर गए।

नकल रोकने के लिए तकनीक का किया प्रयोग

नकल विहीन परीक्षा कराने के लिए कई नई चीजों की शुरुआत की गई। सभी परीक्षा केंद्रों पर सी.सी.टी.वी. कैमरे लगवाए। करीब 1 लाख 91 हजार कैमरे की निगरानी कई स्तर पर की गई। सभी स्कूलों में कंट्रोल रूम बनाए। फिर जिले स्तर पर एक कंट्रोल रूम बनाया गया। फिर सारे जिलों को सेंट्रलाइज कंट्रोल रूम मैंने लखनऊ में बनवाया। यह तय किया किसी भी परीक्षा केंद्र के 100 मीटर के दायरे में कोई गाड़ी न खड़ी हो। सभी परीक्षा केंद्रों पर स्टेटिक मजिस्ट्रेट तैनात किए गए। परीक्षा केंद्रों का निर्धारण ऑनलाइन किया। जबकि पहले परीक्षा केंद्र के निर्धारण में बड़े-बड़े खेल होते थे। परीक्षा केंद्र के मानक तय किए गए। हर कॉलेज के चारों ओर चहारदीवारी होगी। हर कॉलेज में इनवर्टर होगा। कंप्यूटर होगा, इंटरनेट आदि की सुविधा होगी। पहले 14 हजार परीक्षा केंद्र होते थे, लेकिन इस बार पड़ताल के बाद 7,000 परीक्षा केंद्र रखे। नकल वहीं होती है, जहाँ प्रबंधक की मिली-भगत होती है। बिना प्रबंधक के मिली-भगत से नकल हो ही नहीं सकती। प्रबंधक नकल करनेवाले तत्त्वों से दूर रहे, इसके लिए एक गाइडलाइन बनाई गई। परीक्षा के दौरान 100 मीटर तक कोई भी प्रवेश नहीं करेगा। ऐसी व्यवस्था की गई कि इसका सकारात्मक असर पड़ा। यदि किसी केंद्र पर परीक्षा हो रही तो पूरी एग्जाम की प्रकिया कंट्रोल रूम के लिए दिखाई पड़ता। कौन बच्चा परीक्षा दे रहा है, कैसे

दे रहा है, कोई इधर-उधर देख तो नहीं रहा है, यह सब कैमरे की नजर में था। एक मॉडर्न टेक्नोलॉजी का उपयोग किया गया।

पहली बार कोई छात्र पूरे प्रदेश में जेल में नहीं गया। कोई परीक्षा के दौरान बाहर नहीं किया। यदि कोई लड़का पकड़ा गया, तो उसकी कॉपी शून्य की श्रेणी में डाल दी गई।

परीक्षा और मूल्यांकन की व्यवस्था बदली

पहले परीक्षा के दौरान बहुत पैसे खर्च होते थे। कई महीने परीक्षा चलती थी। हजारों शिक्षक ड्यूटी करते थे। वाहनों का खर्च अलग से होता था। अब परीक्षा के समय को कम कर दिया। 12 दिन में हाई स्कूल की परीक्षा एवं 15 दिन के अंदर इंटरमीडिएट की परीक्षा पूरी करा ली। कॉपी जाँचने का समय आया, तो कोरोना कॉल आ गया। करीब 3 करोड़ 75 लाख 759 कॉपियाँ थीं। कॉपियों को जाँचने के लिए रेड, ग्रीन और यलो जोन बनाए। सबसे पहले ग्रीन जोन की कॉपियाँ जाँची गईं। उसके बाद यलो जोन की और बाद में रेड जोन की कॉपियों को यलो और ग्रीन जोन में मँगवाकर जँचवाया गया। इसमें किसी प्रकार की दिक्कत नहीं आई। पूरे देश में पहला अकेला बोर्ड था, जिसकी परीक्षाएँ हुईं। दुनिया का सबसे बड़ा बोर्ड, जहाँ 56. 57 लाख परीक्षार्थी परीक्षा देते हैं। समय से परीक्षा पूर्ण करना और समय से रिजल्ट घोषित करना यह बहुत बड़ी उपलब्धि रही है।

कई बदलाव कारगर साबित हुए

यू.पी. की शिक्षा-व्यवस्था का ढाँचा बहुत बिगड़ा हुआ था। कहीं स्कूल में टीचर नहीं थे। छात्राओं के स्कूल नहीं थे। छात्रों के स्कूल में छात्राओं के एडमिशन की छूट थी। छात्राओं को दूर जाने की समस्या ही खत्म हो गईं। जबकि गर्ल्स स्कूल में केवल गर्ल्स पढ़ेंगी। पाठ्यक्रम को तय कर दिया। शैक्षिक पंचांग घोषित कर दिया। 220 दिन पढ़ाई होनी है, तो उतने दिन होगी। पंचांग के अनुसार ही पठन-पाठन की प्रक्रिया पूरी कर रहे हैं। पढ़ाई के पाठ्यक्रम को पूरा बदल दिया है।

किताब माफियाओं पर लगाम

इसके लिए सरकार ने एन.सी.ई.आर.टी. का पाठ्यक्रम लागू करवाया। इसके लिए एक कमेटी बनाई। उसके द्वारा पूरे कोर्स का परीक्षण करवाया गया। उसको लागू कर दिया गया।

दिल्ली में यदि कोई एन.सी.ई.आर.टी. की किताब 100 रुपए में मिलती है, तो अपने प्रदेश में यह 20 रुपए में। यानी 15 साल पहले जिस रेट में किताबें मिलती थीं, वह रेट आज है। यदि बाजार में किताब नहीं है, तो छात्र को राजकीय स्कूल में किताब सस्ते दर पर मिल जाएगी। पाठ्यक्रम को और किताब को वेबसाइट पर अपलोड करवा दिया गया।

क्या चुनौतियाँ थीं और कैसे निबटे

कई सुधार किए गए। शिक्षकों की कमी दूर करने के लिए भर्तियाँ शुरू की गईं। सेवानिवृत्त शिक्षकों का पुल बनाया और एक निश्चित मानदेय पर उनको रखा गया। इससे स्कूल में शिक्षक की कमी दूर कर ही गई। जो स्कूल जर्जर अवस्था में थे, उनमें सरकारी फंड यदि नहीं है, तो उसके लिए सी.एस.आर. फंड से प्रयास किया गया। सी.एस.आर. फंड के लिए स्कूलों में पुरातन छात्र सम्मेलन आयोजित कराए गए। किसी ने दीवार बनवा दी, तो किसी ने छत। किसी ने कंप्यूटर दिए, तो किसी ने किताब, कॉपी और बेंच। इस तरह से प्रदेश के कई विद्यालय बहुत अच्छी स्थिति में हैं।...मथुरा में चंपालाल एक विद्यालय था। गिरने के कगार पर था। यहाँ पर पुरातन छात्रों का सम्मेलन बुलवाया। आज पुरातन छात्रों ने करोड़ों रुपए दिए और चंपालाल सबसे अच्छा स्कूल माना जा रहा है। हर जगह टेस्ट की व्यवस्था शुरू कर दी है। आज सभी स्कूलों में प्राइवेट स्कूलों की तर्ज पर ऐसा कुछ होता है। हमने स्मार्ट क्लासेस शुरू किए हैं। कंप्यूटर क्लासेस शुरू किए हैं। अब सरकारी विद्यालय निजी विद्यालयों से टक्कर ले रहे हैं। अब कई सरकारी स्कूल ऐसे हैं, जहाँ पर एडमिशन के लिए सोचना पड़ता है। सरकारी स्कूलों की व्यवस्था बदली है। आनेवाले समय में लगता है कि जल्द ही सरकारी विद्यालयों का आकर्षण और बढ़ेगा।

शिक्षकों की कमी जल्दी पूरी होगी

अभी 10 हजार शिक्षकों की भर्ती होने जा रही है। उम्मीद है कि सभी स्कूलों में भर्ती अगले साल तक पूरी हो जाएगी। हम सौभाग्यशाली हैं कि 65,000 शिक्षकों की भर्ती शुरू कराई है पूर्ण शुचिता और पारदर्शिता के साथ। अभी कोई डिस्टर्ब नहीं हुआ।

शिक्षा को रोजगार से जोड़ने का है एजेंडा

रोजगार सृजन के कार्यक्रमों को विश्वविद्यालय से जोड़ रहे हैं। विदेशी भाषाओं को पढ़ाने का काम शुरू किया गया है। शोध गंगा पोर्टल को शुरू किया गया। ऐसे क्लासेस शुरू कराएँ, जो रोजगार से जुड़े हुए हों। जगह-जगह शोध केंद्र बनाए। जिसमें दीनदयाल उपाध्याय…अटल बिहारी बिहारी रोजगार सृजन योजना को रोजगार से जोड़ा। कोशिश है कि शिक्षा पठन-पाठन के साथ रोजगारपरक शिक्षा हो। समय से रिजल्ट को निकालना एक बड़ी चुनौती थी, जिसे पूरा किया। प्लेसमेंट सेल हर विश्वविद्यालय में बना दिया गया है। सभी अच्छा काम कर रहे हैं। पढ़ते-पढ़ते ही जॉब मिल जा रहा है। पहले अंग्रेजी की समस्या आती थी। प्राथमिक स्कूलों में ही अंग्रेजी के पढ़ाने की व्यवस्था की। इसके अच्छे परिणाम आए हैं।

निजी विश्वविद्यालय की मनमानी पर लगाम

निजी विश्वविद्यालय के लिए कोई कानून की व्यवस्था काम नहीं कर रही थी। विश्वविद्यालय सबको डिग्री देते थे। इसके लिए कानून बना दिया है। जो पहले 50 की जगह 100 सीट पर एडमिशन ले लेते थे, उस पर रोक लगा दी है। हमने शुल्क नियंत्रण अधिनियम बनाया। उसे सुप्रीम कोर्ट तक ले गए। सुप्रीम कोर्ट ने इसे सराहा। हमारे कानून पर सहमति बनी। सुप्रीम कोर्ट की व्यवस्था अगले साल से लागू होगी। फीस निर्धारण के लिए हर जिले में जिलाधिकारी की अध्यक्षता में एक कमेटी होगी। उसमें चार्टर्ड अकाउंटेंट अभिभावक होंगे। यदि यहाँ शुल्क को लेकर शिकायत नहीं दूर हुई, तो मंडल

स्तर पर कमिश्नर के यहाँ सुनवाई होगी। शिक्षकों के मामले को सुनवाई के लिए 'शिक्षक अभिकरण' बनाया गया है।

शिक्षा आयोग के गठन पर सब सहमत

शिक्षा आयोग का शुरू-शुरू में बहुत विरोध हुआ। लेकिन जब बड़े नेताओं ने शुल्क के खेल को जाना, तो उसके बाद सभी ने बड़ा सपोर्ट किया। पहले बहुत तनाव की स्थिति थी। अंतत सभी को बात समझ में आ गई।

सत्र पिछड़े न, इसलिए ऑनलाइन क्लास

कोरोना काल में स्कूल-कॉलेज बंद थे। लिहाजा सत्र में देरी न हो, इसके लिए हमने ऑनलाइन क्लासेज शुरू कराए। इसका बड़ा असर हुआ और घर-घर पठन-पाठन शुरू हुआ। दूर-दराज के गाँव में नेटवर्क की प्रॉब्लम सामने आई, तो भारत सरकार से संपर्क किया गया। फिर 'स्वयं प्रभा' चैनल पर रोजाना 2 घंटे शिक्षकों द्वारा पढ़ाने की व्यवस्था शुरू हुई।

□

12

महिलाओं और बेटियों को मिली सुरक्षा

महिलाओं और बेटियों को सुरक्षा देने के लिए बनाए गए 'एंटी रोमियो स्क्वायड' का गठन किया गया। इसके गठन के बाद से अब तक 1 लाख 87 हजार 362 स्थानों पर 55 लाख 7 हजार 589 व्यक्तियों की चेकिंग कर चुकी है। इस काररवाई के तहत उ.प्र. में 3 हजार 431 मामले दर्ज किए गए हैं।

क्यों पड़ी जरूरत

उत्तर प्रदेश में भा.ज.पा. की सरकार बने अभी कुछ दिन ही हुए थे कि मुख्यमंत्री योगी ने एक बड़ा ऐक्शन लिया है। उन्होंने अपने घोषणा-पत्र में किए गए वादों पर अमल करना शुरू कर दिया है। ऐसे ही किए गए एक वादे के मुताबिक एक स्कीम तैयार की है, जिसे नाम दिया गया है—'एंटी रोमियो स्क्वायड'। इस स्कीम के अंतर्गत महिलाओं और लड़कियों के साथ हुई छेड़छाड़ पर तुरंत काररवाई होती है। यू.पी. के 11 जिलो में यह एंटी रोमियो स्क्वायड शुरू किया गया। आई.जी. स्तर पर इसकी मॉनिटरिंग होती है। इससे सभी महिलाओं और लड़कियों को सुरक्षा प्रदान की जाएगी और तुरंत काररवाई भी होगी। इसके अलावा बलात्कारियों और छेड़छाड़ के आरोपियों पर 'गुंडा ऐक्ट' लगाने का भी आदेश दिया गया है। यह एंटी रोमियो स्क्वायड स्कीम महिलाओं की सुरक्षा के लिए बहुत फायदेमंद है।

यू.पी. को अलग पहचान देना मकसद

एंटी रोमियो स्क्वायड को बनाने के पीछे यू.पी. की सरकार का बस एक ही मकसद है कि वह उत्तर प्रदेश से दंगा, छेड़छाड़, गुंडागर्दी जैसे खतरनाक क्राइम्स को बंद कर सके और बाकी राज्यों की तरह यू.पी. की अलग पहचान बना सके। जैसा कि हम सब जानते हैं कि यू.पी. को एक क्राइम स्टेट कहा जाता है। 14 साल के बाद यह भा.ज.पा. की सरकार आई है। मकसद यू.पी. को उन सभी क्राइम्स से आजाद करना है। योगी का कहना है कि एंटी रोमियो स्क्वायड सरकार की एक शुरुआत है। आगे और भी ऐसे ऐक्शन लिये जाएँगे, जिससे यू.पी. का सुधार हो सके। यू.पी. की महिलाओं का कहना था कि उनका घर से निकलना मुश्किल हो गया था। वह बाहर निकलते वक्त सोचा करती थीं कि सही-सलामत घर आ भी पाएँगी या नहीं। यू.पी. में सरकार बनने से पहले इस चीज का वादा किया गया था कि महिलाओं की सुरक्षा का अच्छा इंतजाम किया जाएगा, इसी वादे को पूरा करने के उद्देश्य से यह एंटी रोमियो स्क्वायड को यू.पी. में लागू किया गया है।

□

13

सौभाग्य और उजाला ने बदल दी तसवीर

बिजली हर चुनाव में उत्तर प्रदेश में बड़ा मुद्दा होता था। आजादी के सात दशक बीतने के बाद भी प्रदेश के करोड़ों घर और मजरे अँधेरे में थे। ऊर्जा मंत्री श्रीकांत शर्मा कहते हैं, "जब हम 17 मार्च, 2017 को सत्ता में आए, तो हालात बहुत खराब थे। ऊर्जा विभाग आई.सी.यू. में था। मरणासन्न स्थिति में था। गाँवों और शहरों का बिजली संकट से हाल बेहद खराब था। इंफ्रास्ट्रक्चर लगभग समाप्त था। वितरण बहुत खराब था। ग्रिड के हालत भी ठीक नहीं थे। ग्रिड की क्षमता ही नहीं थी। हालात बहुत खराब थे। उत्तर प्रदेश देश को सबसे अधिक सांसद देता है। आजादी के बाद से लेकर आज तक कई प्रधानमंत्री दिए। बिजली को लेकर हालात नहीं बदले। बिजली को लेकर हर जिले में हाहाकार था। किसान आंदोलन कर रहे थे। लोग सड़कों पर थे। बिजली थी नहीं। दावे बड़े-बड़े थे।" श्रीकांत शर्मा कहते हैं—वह हालात सच में भयावह थे। ऐसे में प्रदेश की बिजली व्यवस्था में सुधार एक बड़ी चुनौती था। हमने संकल्प के साथ काम प्रारंभ किया। हमने प्रधानमंत्री श्री नरेंद्र मोदी के सपने पावर फोर ऑल और वन ग्रिड, वन नेशन के फॉर्मूले पर काम प्रारंभ किया। आज उसके परिणाम मिल रहे हैं। प्रधानमंत्री की हर घर को बिजली के तहत दो बड़ी योजनाएँ इस प्रदेश में चल रही हैं—

1. **सौभाग्य योजना**—इस योजना के तहत गरीब परिवारों को निःशुल्क या अत्यंत कम दरों पर बिजली उपलब्ध कराना है।
2. **उजाला योजना**—यह योजना बिजली बचत के साथ साथ अधिक

रोशनी के लिए है। इसके तहत एल.ई.डी. बल्बों का नि:शुल्क वितरण किया जा रहा है।

सबसे पहले बात सौभाग्य योजना की करते हैं। यदि पिछली सरकारों के कामकाज से तुलना की जाए, तो अप्रैल 2012 से मार्च 2017 तक 70 हजार 877 मजरों का विद्युतीकरण हुआ था। ऊर्जा मंत्री श्रीकांत शर्मा ने इसे चुनौती के रूप में लिया। ताजा रिकॉर्ड के अनुसार, अब तक 01 लाख 21 हजार 324 मजरों में बिजली पहुँचाई जा चुकी है। साथ ही, 01 करोड़ 60 लाख घरों को मुफ्त में बिजली कनेक्शन दिया जा चुका है। यह एक रिकॉर्ड है। पूरे देश में विद्युतीकरण के मामले में उत्तर प्रदेश पहले स्थान पर रहा। आज प्रदेश में शत-प्रतिशत विद्युतीकरण हो चुका है। यही कारण रहा कि जब 2019 के लोकसभा चुनाव में भा.ज.पा. उतरी, तो बिजली कोई मुद्दा नहीं था। पहली बार प्रदेश में सरप्लस बिजली मिल रही थी। श्रीकांत शर्मा कहते हैं कि 'सौभाग्य 03' के लिए भी केंद्र से बात चल रही है।

उजाला योजना के तहत बिजली की बचत पर फोकस किया गया है। अब तक इस योजना के तहत 2 करोड़ 60 लाख 80 हजार घरों में नि:शुल्क एल.ई.डी. बल्ब बाँटे जा चुके हैं। एक अनुमान के मुताबिक ऐसा करने से 700 मेगावाट बिजली की माँग में कमी आई या कहें कि 700 मेगावाट की बचत हुई। सरकारी रिकॉर्ड के मुताबिक 01 हजार 225 करोड़ रुपए की बचत हुई।

सावित्री को पहले घर मिला, फिर सौभाग्य से घर हुआ रोशन

सावित्री देवी के पचास साल तो सपने देखते ही गुजर गए। चिंताओं के बीच चेहरे पर कब झुर्रियाँ पड़ गईं, उसे पता ही नहीं चला। हर रोज दो वक्त की रोटी के लिए पसीना बहाना उसकी मजबूरी थी। उम्र के जब आखिरी पड़ाव पर वह आई, तो एक के बाद एक उसके सपने भी साकार होने लगे। सबसे पहले तो कच्ची झोंपड़ी से निकलकर वह पक्के आशियाने में पहुँची और फिर लैंप की टिमटिमाती रोशनी से रातें गुजारने से भी छुटकारा मिल

गया। 'उज्ज्वला' से उसके जीवन जीने का तरीका बदला गया। अब वह अपने को गाँव की मुख्यधारा में मानने लगी है।

जालौन जनपद के डकोर ब्लॉक क्षेत्र के गढ़र गाँव निवासी शिवनारायण वर्मा और उसकी पत्नी सावित्री देवी ने पूरी उम्र गरीबी में गुजार दी। गाँव में कच्ची झोंपड़ी में गुजर-बसर करनेवाली सावित्री जब रात में दूसरों के घरों में बिजली की रोशनी देखती थी, तो उसे भी लगता था कि उसके घर कब बिजली के बल्ब जलेंगे। यह सोचते-सोचते दिन बीतते गए और उसे एक समय तो लगने लगा था कि जैसे सरकारी की कोई योजना उसके लिए बनी ही नहीं है। इसके बाद जब बदलाव की बयार बही, तो एक के बाद एक योजनाएँ उसकी झोली में आती गईं। बीते वर्ष उसे प्रधानमंत्री आवास योजना का लाभ मिला और कच्ची झोंपड़ी पक्के आशियाने में बदल गई। इसके बाद सरकार की सौभाग्य योजना ने उसके घर फ्री में ही उजाला कर दिया। अब तो उसके घर बिजली के बल्ब भी जल रहे हैं और पंखा भी चलने लगा। घर में एक टी.वी. थी, जो लाइट की कमी से खराब हो गई थी, उसे ठीक कराने की तैयारी वह कर रही है। सावित्री कहती है कि उसे इस बात की खुशी है कि जिन दुश्वारियों का सामना उसने किया है, वह बच्चों के सामने वैसी परेशानी नहीं आएगी।

शादी-विवाह में अखरती थी बिजली की कमी

सावित्री देवी कहती है कि लैंप की टिमटिमाती रोशनी के बीच वह तो जैसे-तैसे जिंदगी गुजार रही थी, लेकिन जब घर में कोई रिश्तेदार आ जाता या फिर कोई कार्यक्रम होता था, तो उस वक्त बिजली की कमी खूब अखरती थी। रिश्तेदार जिनके घरों में बिजली कनेक्शन है, वह भी तंज कसते थे कि तुमने तो हद कर दई—'अभे लो कनेक्शन नहीं करा पाए'। मजबूरी यह थी कि कनेक्शन के लिए दफ्तर के चक्कर लगाने पड़ते और एकमुश्त पैसा भी देना पड़ता। बजट के अभाव में कभी सोचा ही नहीं कि बिजली का कनेक्शन ले लें।

जगमगाने लगी ओमप्रकाश की झोंपड़ी

ग्रामीण अंचल में गरीबों के लिए बिजली-पानी जैसी मूलभूत सुविधाएँ मुहैया नहीं थीं। मगरायाँ गाँव में जब लोगों के घरों में उजाला होता था, तब गरीबों की झोंपड़ी में टिमटिमाती रोशनी किसी के होने का आभास मात्र कराती थी। समय के साथ बदलाव की बयार में बहुत कुछ बदल गया। गरीबों के लिए फिर भी समस्याएँ थीं, तो ऐसे में सरकार की योजनाओं ने तसवीर बदल दी। सौभाग्य से तो कच्चे आशियाने भी रोशन हो गए।

जालौन के मगरायाँ गाँव निवासी ओमप्रकाश यों तो अपनी मेहनत के बदौलत जीवन को अपने अंदाज में जी रहे हैं। इसके बाद भी तमाम ऐसी समस्याएँ रहीं, जिनकी वजह से वह गाँव में बिजली कनेक्शन नहीं ले पाए थे। कच्चे घर में भी वह खुश थे, लेकिन जब सूरज ढलता और रात गहराती थी, तब उसकी चिंताएँ भी बढ़ जाती थीं। लालटेन की रोशनी ही उसका सहारा थी। वर्ष 2018 में 'उज्ज्वला योजना' आई और जब उसे जानकारी हुई, तो उसने भी वर्ष 2019 में कनेक्शन के लिए आवेदन कर दिया। कागजी काररवाई के बाद उसके घर बिजली के तार पहुँच गए। घर के बाहर मीटर लग गया और फिर एक बटन दबाने भर से उसका घर दूधिया रोशनी से जगमगा गया। अब तो उसके घर में पंखा से लेकर टी.वी. और बिजली से चलनेवाले अन्य उपकरण भी हैं, जिनका प्रयोग हो रहा है। ओमप्रकाश खुश है, उसका कहना है कि यह कनेक्शन उसे निःशुल्क मिला है। इससे उसे टिमटिमाती रोशनी से छुटकारा मिल गया। अब उसके बच्चे भी दूधिया रोशनी में अच्छे से पढ़ सकेंगे।

यह तो बानगी भर है। प्रदेश में ऐसे सवा करोड़ से अधिक लोगों के आशियाने जगमगाए हैं।

वरदान बनी सौभाग्य और उजाला

केंद्र सरकार की यह दोनों योजनाएँ उत्तर प्रदेश के लिए वरदान साबित हुईं। आज प्रदेश में बिजली का संकट नहीं है। लगातार इंफ्रास्ट्रक्चर पर काम

किया जा रहा है। ट्रांसफर खराब होने पर पूर्ववर्ती सरकारों में बदले जाने पर कई-कई दिन लग जाते थे। अब अधिकतम 48 घंटे में ट्रांसफार्मर बदला जाता है।

ऊर्जा मंत्री श्रीकांत शर्मा कहते हैं—हमें गर्व है कि हमने कर दिखाया। आज भी लगातार काम चल रहे हैं। उत्तर प्रदेश अब उत्तम प्रदेश बनने की ओर अग्रसर है। वे कहते हैं कि बिजली चोरी पर अंकुश लगाने के लिए अलग से विद्युत् थानों की स्थापना की गई है। वे कहते हैं कि हमारी सरकार से पहले तक 16 हजार 500 मेगावाट तक की डिमांड ही पूरी हो पाती थी। अब 22 हजार मेगावाट तक बिजली की डिमांड पूरी की जा रही है। इसके अलावा दीप पोर्टल के माध्यम से भी बिजली खरीद सकते हैं। यह बिजली एग्रीमेंट के अलावा भी ली जा सकती है। जाहिर है, अब प्रदेश में बिजली का संकट नहीं होगा।

गाँवों और किसानों का विशेष ध्यान

किसानों को बिजली सप्लाई एक बड़ी समस्या थी। अब कृषि के फीडर अलग किए जाने का काम चल रहा है। इससे किसानों को बगैर किसी रुकावट के बिजली मिल सकेगी। वैसे अब किसानों को पर्याप्त बिजली मिल रही है।

किसानों के निजी नलकूपों पर हो रही बिजली खपत में बचत के लिए दिसंबर 2017 से एन.टी.पी.सी. के सहयोग से किसान उदय ऊर्जा दक्ष पंप आवंटन योजना 05 जनपदों (जिलों) में संचालित की जा रही है।

कृषि के फीडर भी प्रदेश में अलग बनाए जाएँगे, ताकि किसानों को बिजली का किसी भी प्रकार का संकट न हो। श्रीकांत शर्मा कहते हैं कि पश्चिमांचल और दक्षिणांचल में फीडर अलग किए जा चुके हैं। अब वहाँ किसानों को निर्बाध 10 घंटे बिजली खेतों के लिए मिल रही है। परिणाम है कि गाँवों को बिजली दे पा रहे हैं। आनेवाले समय में 24 घंटे गाँवों को बिजली देने का लक्ष्य रखा गया है।

□

14

योगी के तीखे तेवर से अपराधियों का सफाया

उत्तर प्रदेश का अपराध से सीधा वास्ता रहा है। दशकों से यहाँ माफिया राज चलता रहा है। राजनीतिक संरक्षण में पल रहे इस धंधे में अपहरण, फिर फिरौती, जमीनों पर कब्जे। यह यहाँ का गुंडा राज है।

राजनीतिक संरक्षण में पलते यह अपराधी सफेदपोश भी हैं। 2017 में जब उत्तर प्रदेश में योगी आदित्यनाथ ने गद्दी सँभाली, तो अपराधियों के हौसले पस्त होने लगे। एक मीटिंग में जब योगी ने पुलिस अफसरों से साफ-साफ कहा, 'ठोक दो।' किसी फिल्मी डायलॉग की तरह यह 'ठोक दो' वायरल होने लगा। अब उत्तर प्रदेश फिर चर्चा में हैं। कानपुर जिले के बिकरू गाँव में एक हिस्टरी शीटर था—विकास दुबे और उसके गुर्गों ने दबिश देने गई पुलिस टीम पर हमला किया। इस हमले में एक डी.एस.पी. सहित 8 पुलिसवाले शहीद हो गए। प्रदेश सरकार के लिए यह बड़ा झटका था। विकास दुबे ने एक तरह से यह मुख्यमंत्री योगी आदित्यनाथ को सीधे-सीधे चुनौती थी। विकास दुबे अपराध की दुनिया क़ा खूँखार नाम था। इसकी क्रूरता का अंदाज आप इसी बात से लगा सकते हैं कि गाँव में कोई नए और अच्छे कपड़े पहनता था, तो वह उसे बुरी तरह पीटता था। वह सनकी था। सनक में किसी की भी हत्या कर सकता था। उसके घर से ए.के.-47 और इंसास रायफल भी मिली हैं।

विकास दुबे की लंबी क्राइम हिस्टरी थी। उस पर थाने में घुसकर

राज्यमंत्री की हत्या समेत 60 मुकदमे दर्ज हैं। राज्यमंत्री की हत्या मामले में तो कोई गवाह न मिलने से वह बरी हो गया था। तब भी राज्य में भा.ज.पा. की सरकार थी। कल्याण सिंह मुख्यमंत्री थे।

गवाहों के अभाव और सत्ता के गलियारे में ऊँची पहुँच होने के कारण इतने अपराधों के बाद भी उसका बाल बाँका नहीं हो सका। एक बार उसे एस.टी.एफ. भी पकड़ चुकी है। तब अपने ऊँचे रसूख के बल पर वह छूट गया था। उत्तर प्रदेश में कानपुर देहात के बिठूर थाना क्षेत्र में गुरुवार रात एक बजे दबिश देने गई पुलिस टीम पर फायरिंग करनेवाले हिस्टरीशीटर विकास दुबे ने 19 साल पहले उसने 2001 में थाने में घुसकर राज्यमंत्री संतोष शुक्ला की हत्या कर दी थी। इसके बाद उसने राजनीति में एंट्री ली। नगर पंचायत का चुनाव भी जीता था। विकास कई बार गिरफ्तार भी हुआ। 2017 में लखनऊ में एस.टी.एफ. ने कृष्णा नगर से उसे दबोचा था।

बना रखा था युवाओं का गैंग

हिस्टरीशीटर विकास कानपुर देहात के चौबेपुर थाना क्षेत्र के विकरू गाँव का रहनेवाला था। उसने कई युवाओं का गैंग बना लिया था। इसी के साथ वह कानपुर नगर से लेकर कानपुर देहात तक लूट, डकैती, मर्डर जैसे अपराधों को अंजाम देता था। सन् 2000 में विकास ने शिवली इलाके के ताराचंद इंटर कॉलेज के सहायक प्रबंधक सिद्धेश्वर पांडेय की हत्या कर दी थी, जिसमें उसे उम्रकैद की सजा भी हुई थी।

अपराध से बनाई थी सत्ता में गहरी पैठ

विकास ने अपने अपराधों के दम पर पंचायत और निकाय चुनावों में कई नेताओं के लिए काम किया और उसके संबंध प्रदेश की सभी प्रमुख पार्टियों से हो गए। 2003 में शिवली थाने के अंदर घुसकर इंस्पेक्टर रूम में बैठे, तब श्रम संविदा बोर्ड के चैयरमेन रहे राज्यमंत्री का दर्जा प्राप्त भा.ज.पा. नेता संतोष शुक्ल को गोलियों से भून दिया था। उसका इतना खौफ था कि कोई गवाह सामने नहीं आया। इसके कारण वह केस से बरी हो गया। इसकी

शादी शास्त्री नगर सेंट्रल पार्क के पास रहनेवाले राजू खुल्लर की बहन से हुई थी। कहा जाता है कि यह शादी भी बंदूक के दम पर की थी।

नगर पंचायत चुनाव जीता

2002 में जब प्रदेश में बसपा की सरकार थी तो इसका सिक्का बिल्हौर, शिवराजपुर, रिनयाँ, चौबेपुर के साथ ही कानपुर नगर में चलता था। 2018 में विकास दुबे ने अपने चचेरे भाई अनुराग पर जानलेवा हमला किया था। तब अनुराग की पत्नी ने विकास समेत चार लोगों को नामजद किया था। 2000 में रामबाबू यादव की हत्या की जेल में साजिश रचने का आरोपी था। 2004 में केबल व्यवसायी दिनेश दुबे की हत्या के मामले में भी विकास आरोपी है।

विकास ने राजनेताओं के सरंक्षण से राजनीति में एंट्री की और जेल में रहने के दौरान शिवराजपुर से नगर पंचायत का चुनाव जीत लिया। जानकारी के अनुसार, इस समय विकास दुबे के खिलाफ 60 मामले उ.प्र. के कई जिलों में चल रहे थे। पुलिस ने इसकी गिरफ्तारी पर 25 हजार का इनाम रखा हुआ था। हत्या और हत्या की कोशिश के मामले पर पुलिस को इसकी तलाश थी।

दुर्दांत विकास का अंत

आठ पुलिसवालों की हत्या के बाद से मुख्यमंत्री योगी के तेवर तीखे हो गए थे। वारदात के अगल ही दिन उसके गाँव में किलेनुमा घर ढहा दिया गया। गाड़ियाँ ध्वस्त कर दी गईं। उसकी और संपत्तियों को ध्वस्त करने की तैयारी चल रही है। किसी अपराधी के साथ की गई यह अपने तरह की पहली सख्त काररवाई थी। उसका पूरा नेटवर्क जमींदोज कर दिया गया। विकास दुबे बहुत शातिर था। आठ पुलिसवालों की हत्या के बाद वह यू.पी. पुलिस को चकमा देकर उज्जैन महाकाल मंदिर पहुँच गया। वहाँ मध्य प्रदेश पुलिस ने उसे गिरफ्तार कर लिया। म.प्र. पुलिस ने विकास को उ.प्र. पुलिस को सौंप दिया। उ.प्र. पुलिस विकास को सड़क के रास्ते उसे कानपुर लेकर आ रही थी। रास्ते में तेज बारिश थी। कानपुर के पास भौती में तेज बारिश

में फिसलन के कारण गाड़ी पलट गई। मौके का फायदा उठाकर विकास ने पुलिस की पिस्टल छीनकर भागने की कोशिश की। जवाब में पुलिस ने भी गोलियाँ चलाईं। इस मुठभेड़ में दुर्दांत विकास मारा गया। यह योगी सरकार के कार्यकाल का सबसे बड़ा ऑपरेशन था। विकास की मौत के साथ ही यू.पी. में आतंक का अंत हो गया। माफियाओं के खिलाफ अभियान का यह अंत नहीं था। विकास दुबे से जुड़े पूरे नेटवर्क को खँगाला जा रहा है। विकास दुबे के खास गुर्गे भी मुठभेड़ में मारे जा चुके हैं।

दुर्दांत अपराधी विकास दुबे के कानपुर में पुलिस एनकांउटर में ढेर होने के बाद अब उसके करीबियों तथा फाइनेंसर जय वाजपेयी पर प्रवर्तन निदेशालय का शिकंजा कस दिया। प्रदेश सरकार विकास दुबे के आर्थिक साम्राज्य की कुंडली खँगालकर नेस्तनाबूद कर दिया गया।

प्रदेश में माफियाओं में खलबली

विकास दुबे के खात्मे के बाद यू.पी. में पल रहे अपराधियों के हौसले पस्त होने लगे। यहाँ से अपराधी या तो प्रदेश छोड़कर भाग रहे हैं। कुछ अपनी बेल कैंसिल करवाकर जेल जाना चाहते हैं। अपराधियों में इस खौफ ने योगी को जनता की नजरों में सख्त फैसले वाला शासक स्थापित कर दिया। लोग कहने लगे, "यह वह योगी है, जो जनता के विकास के लिए माला और अपराधियों के खात्मे के लिए भाला उठा सकते हैं।"

आँकड़ों पर नजर डालें तो योगी सरकार के कार्यकाल में पुलिस के साथ मुठभेड़ में 122 अपराधी मारे गए हैं और 13 पुलिसकर्मी शहीद हुए हैं। मुख्यमंत्री योगी आदित्यनाथ ने हमेशा यह संदेश देने की कोशिश की कि कानून-व्यवस्था के मामले में वह किसी के दबाव में नहीं आनेवाले हैं।

पुलिस विभाग में दर्ज आँकड़ों के अनुसार 20 मार्च, 2017 से लेकर 10 जुलाई 2020 तक अपराधियों के साथ पुलिस मुठभेड़ की कुल 6 हजार 126 घटनाएँ हुईं। इनमें 122 अभियुक्त मारे गए, 2293 अभियुक्त घायल हुए और 13361 अभियुक्त गिरफ्तार किए गए। मुठभेड़ की इन घटनाओं में

13 पुलिसकर्मी शहीद हुए तो 894 घायल भी हुए। हाल ही में कानपुर नगर के चौबपुर थाना क्षेत्र स्थित बिकरू गाँव में दबिश के दौरान अपराधियों की गोलीबारी में आठ पुलिसकर्मी शहीद हो गए थे। इस घटना के पहले केवल पाँच पुलिसकर्मी ही शहीद हुए थे। इसी घटना के बाद मुख्य अभियुक्त विकास दुबे समेत छह अपराधी भी पुलिस के साथ मुठभेड़ में मारे गए।

जोनवार आँकड़ों को देखें, तो सबसे ज्यादा 59 अपराधी मेरठ जोन में तथा 11-11 अपराधी आगरा व वाराणसी जोन में मारे गए। सबसे ज्यादा 3792 अभियुक्त मेरठ जोन में ही गिरफ्तार भी किए गए। इसके बाद सबसे ज्यादा 3693 अभियुक्त आगरा जोन में गिरफ्तार किए गए। बरेली जोन में सात अभियुक्त मारे गए, तो 1940 अभियुक्त गिरफ्तार किए गए। लखनऊ कमिश्नरेट में दो अभियुक्त मारे गए, तो 65 अभियुक्त गिरफ्तार किए गए, जबकि लखनऊ जोन में 9 अभियुक्त मारे गए, तो 580 गिरफ्तार किए गए। इसी तरह गौतमबुद्ध नगर कमिश्नरेट में 6 अभियुक्त मारे गए तो 717 अभियुक्त गिरफ्तार किए गए।

माफियाओं की अवैध संपत्तियों पर बुलडोजर चलाए जा रहे हैं। अपराधी खौफ में हैं और जनता सुकून में।

आजम खान पर शिकंजा

समाजवादी पार्टी के दिग्गज नेता आजम खान ने सपा के शासन काल में रामपुर में गौहर यूनिवर्सिटी की स्थापना की। योगी सरकार के मुताबिक इस यूनिवर्सिटी के लिए किसानों की जमीनें दबाव डालकर कब्जाई गईं। प्रदेश में भा.ज.पा. सरकार बनने के बाद इन मामलों की जाँच कराई गई। आजम खान और उनके परिवार को इस मामले में जेल जाना पड़ा। यह मामूली बात नहीं थी। अभी तक किसी सरकार ने आजम खान पर हाथ डालने की हिम्मत नहीं की थी। आजम खान के जेल जाने के बाद प्रदेश में योगी की अलग हनक बनी और सख्त फैसले लेनेवाली छवि।

कानून व्यवस्था के लिए नजीर बने ये फैसले

1. बेहतर कानून व्यवस्था के लिए लखनऊ और नोएडा में पुलिस कमिश्नर प्रणाली लागू की गई।
2. पंजाब और हरियाणा हाईकोर्ट ने अपनी टिप्पणी में उत्तर प्रदेश की बेहतर कानून व्यवस्था का विशेष रूप से जिक्र किया गया।
3. वर्ष 2016 में जहाँ डकैती के 263 मामले दर्ज हुए थे। वहीं 2019 में 106 मामले दर्ज हुए। यानी कुल 59.70 प्रतिशत डकैती के मामलों में कमी आई।
4. वर्ष 2016 में हत्या के 4 हजार 679 मामले दर्ज हुए थे, जबकि 2019 में 3 हजार 663 मामले दर्ज हुए। इस प्रकार हत्या के मामलों में 21.71 प्रतिशत की कमी आई है।
5. बलवा के 2016 में 7 हजार 707 मामले दर्ज हुए थे। 2019 में 5 हजार 611 मामले दर्ज हुए। इस प्रकार 27.20 बलवा के मामले कम हुए।
6. फिरौती के लिए 2016 में अपहरण के लिए कुल 53 मामले दर्ज हुए थे। यदि बात 2019 की बात की जाए, तो कुल 33 ही मामले ही दर्ज किए गए। यानी पिछली सरकार की तुलना में 37.74 प्रतिशत की कमी आई है।
7. बलात्कार के 3 हजार 481 मामले दर्ज हुए थे। वहीं यदि ताजा आँकड़े की बात की जाए, तो भा.ज.पा. के शासन काल में महिलाओं की सुरक्षा पर काम हुआ और बलात्कार जैसे घृणित अपराध में 17.90 की कमी आई है।
8. सभी प्रमुख त्योहार, धार्मिक जुलूस और मेले बगैर किसी दंगे-फसाद के संपन्न होने लगे।
9. उ.प्र. पुलिस फॉरेंसिक यूनिवर्सिटी की स्थापना के लिए 20 करोड़ रुपए की व्यवस्था की गई।

10. अपराधों पर नियंत्रण के लिए 75 विद्युत् थाने, 4 महिला थाना और 4 आर्थिक अपराध इकाई पुलिस थाने स्थापित किए गए।
11. प्रदेश भर में 22 नई पुलिस चौकियाँ, 2 जल चौकियों एवं 66 नए अग्निशमन केंद्र स्थापित किए गए हैं।

□

15

उत्तर प्रदेश में सड़कों का बिछा जाल

उत्तर प्रदेश में भा.ज.पा. की सरकार बनने के बाद एक बड़ी चुनौती थी—प्रदेश की सड़कें। लोक निर्माण विभाग का जिम्मा मिला श्री केशव प्रसाद मौर्य को। श्री मौर्य प्रदेश के उप-मुख्यमंत्री भी हैं। विधानसभा चुनावों के तत्काल बाद श्री मौर्य ने प्रदेश की सड़कों को सुधारने का ऐलान कर दिया। फिर चाहें वे ग्रामीण सड़कें हों या स्टेट हाई-वे। श्री केशव प्रसाद मौर्य कहते हैं, "प्रत्येक एक्सप्रेस-वे के किनारे बसे गाँवों तक संपर्क मार्ग बनाए जाने का काम चल रहा है। ऐसे ही सभी हाई-वे को संपर्क मार्ग से जोड़ा जा रहा है। या यों कहा जाए कि प्रदेश में सड़कों का जाल बिछाया जा रहा है।"

यू.पी. में लोक निर्माण विभाग ने राज्य योजना, राज्य सड़क निधि, त्वरित आर्थिक विकास योजना, केंद्रीय मार्ग निधि, विश्व बैंक परियोजना तथा एशियन विकास बैंक से सहायतित सड़क परियोजनाओं का काम तेज किया है। इस साल के अंत तक इन परियोजनाओं की कई सड़कें बना दी जाएँगी। केंद्रीय मार्ग निधि से बारह सड़कों के चौड़ीकरण और सुदृढ़ीकरण का काम तेज किया गया है। एशियन विकास बैंक परियोजना के तहत फतेहपुर जनपद में हुसैनगंज-हठगाँव-अलीपुर मार्ग, मुजफ्फरपुर/बागपत में मुजफ्फरपुर-बड़ौत मार्ग, देवरिया/कुशीनगर में कप्तानगंज-हाटा-गौरी बाजार-रुद्रपुर मार्ग, लखनऊ/उन्नाव में मोहनलालगंज-मौरावा मार्ग तथा एटा/कांशीराम नगर में अलीगढ़-सोरों मार्ग का काम शुरू किया गया है। इनमें से बुलंदशहर-

अनूपशहर मार्ग तथा मुजफ्फनगर-बड़ौत मार्ग का काम जुलाई 2020 तक पूरा करने का लक्ष्य दिया गया है।

विश्व बैंक के ऋण से उत्तर प्रदेश कोर रोड नेटवर्क डेवलपमेंट परियोजना के तहत हमीरपुर-राठ मार्ग, गोला-शाहजहाँपुर मार्ग तथा बदायूँ-बिल्सी-बिजनौर मार्ग का काम शुरू किया गया है।

प्रधानमंत्री ग्राम सड़क योजना

प्रधानमंत्री ग्राम सड़क योजना (पी.एम.जी.एस.वाई.)-तीन के तहत 38 जिलों की सभी ग्रामीण सड़कें और उनके पास की बसावटों तथा परिसंपत्तियों का ट्रेस मैप तैयार कर दिया गया है।

सड़कों का नक्शा ऑनलाइन करने के साथ ही परिसंपत्तियों के आधार पर उन्हें यूनिक नंबर दिए गए हैं। इन नंबरों में शीर्ष प्राथमिकता वाली सड़कों को 5.5 मीटर चौड़ा किए जाने का काम चल रहा है। पी.एम.जी.एस.वाई.-तीन के तहत अब ग्रामीण सड़कों को चौड़ा कर 5.5 मीटर किया जाना है। केंद्र सरकार के निर्देश के पश्चात् उ.प्र. ग्रामीण सड़क विकास अभिकरण ने http://pmgsy-grris.nic.in/ पर 38 जिलों की सभी ग्रामीण सड़कों को अपलोड कर दिया है। सड़कों के साथ पास की बसावटें, बाजार, हॉस्पिटल, स्कूल आदि भी अपलोड किए गए हैं। इन परिसंपत्तियों के आधार पर सड़कों को यूनिक नंबर भी दिए गए हैं।

ऐसे दिए गए हैं यूनिक नंबर : पी.एम.जी.एस.वाई.-तीन की योजना के तहत 2019-20 में प्रदेश की 2500 किमी. सड़कों को चौड़ा किए जाने का लक्ष्य रखा गया है। सड़कों के किनारे स्थित जन-सुविधाओं की उपलब्धता पर अंक निर्धारित किए गए हैं। जैसे प्राथमिक स्वास्थ्य केंद्र है तो 12 अंक, प्राथमिक स्कूल है तो 05 अंक, गर्ल्स इंटर कॉलेज है तो 10 अंक आदि।

http://pmgsy-grris.nic.in/ पर आम आदमी देश दुनिया में कहीं से भी बैठे-बैठे ऑनलाइन अपना गाँव व गाँव की सड़कों को देख सकता है।

उप-मुख्यमंत्री केशव प्रसाद मौर्य कहते हैं, "सरकार की कोशिश है कि सड़कों के लिहाज से यू.पी. को देश के शीर्ष राज्यों में शामिल कराया जाए। लोक निर्माण विभाग अब प्रदेश में सात मीटर से कम चौड़ी सड़कें नहीं बनाएगा। सड़क निर्माण में ऐसे केमिकल प्रयोग किए जाएँगे कि वे कम-से-कम बीस साल तक चलें। राज्यमार्गों को दो लेन बनाने के साथ ही उनकी पटरियाँ भी विभाग बनाएगा, ताकि दुर्घटनाओं को कम किया जाए। प्रदेश में नई तकनीकी से अब तक जो सड़कें बनी हैं, उनमें लागत में पचीस से तीस फीसद की कमी आई है। ऐसा इंतजाम किया जा रहा है कि आनेवाले दिनों में सड़कों पर गड्ढे दिखाई ही न दें।

डॉ. ए.पी.जे. अब्दुल कलाम गौरव-पथ

उप-मुख्यमंत्री केशव प्रसाद मौर्य कहते हैं कि प्रदेश के मेधावी छात्रों के नाम पर सड़कों का नामकरण किया जाएगा। इसके लिए डॉ. ए.पी.जे. अब्दुल कलाम गौरव-पथ बनाए जा रहे हैं। इस पथ पर उस क्षेत्र के मेधावी छात्र का नाम लिखा जाएगा। यह योजना अन्य छात्रों के लिए प्रेरणा बन रही है। वर्ष 2017 में 24 मेधावी छात्रों के नाम गौरव पथ में जोड़े गए। इसी प्रकार 2018-19 में 89 मेधावी छात्रों के नाम सड़कों पर लगी शिलापट्टिका पर लिखे गए हैं। 2019 में 33 और 2020 में 15 मेधावी छात्रों के नाम पर सड़कें बनी हैं।

हर्बल मार्ग

प्रदेश के 75 जिलों के सभी 175 खंडों में हर्बल मार्ग का चयन करते हुए 27,893 हर्बल पौधे रोपित किए जा चुके हैं। हर्बल रोडों के बारे में श्री केशव प्रसाद मौर्य ने निर्देश दिए हैं कि सड़कों का चयन करते हुए यथासंभव सड़कों के दोनों ओर हर्बल पौधे, जैसे—आँवला, पीपल, नीम, सहजन और जामुन आदि प्रजातियों के पौधे लगाए जाएँ। आपको बताते चलें कि जिन मार्गों के किनारे हर्बल पौधों को लगाया जाता है, उन्हें लोक निर्माण विभाग द्वारा हर्बल रोड का नाम दिया गया है। उप-मुख्यमंत्री केशव प्रसाद मौर्य ने सड़कों के किनारे पनकटे जल्दी-से-जल्दी बनाने के निर्देश दिए हैं, ताकि

पानी गिरते ही पनकटों के माध्यम से सड़क का पानी नीचे चला जाए, इससे मार्ग क्षतिग्रस्त होने से बचेंगे। उप-मुख्यमंत्री ने यह भी निर्देश दिए है कि जो भी पौधे लगाए जाएँ, उनकी सुरक्षा के व्यापक प्रबंध किए जाए, विभागीय मैनपावर जैसे मेटों, बेलदारों आदि को इनकी सुरक्षा व संरक्षण में लगाया जाए तथा अधिकारी भी समय-समय पर हर्बल रोडों का निरीक्षण करते हुए पौधों की देखभाल हेतु किए गए इंतजामों का जायजा लें और पौधों की सुरक्षा के लिए यथावश्यक काररवाई भी करेंगे।

सिंगल यूज वेस्ट प्लास्टिक

पी.डब्ल्यू.डी. अब खराब सड़कों की मरम्मत में सिंगल यूज वेस्ट प्लास्टिक का प्रयोग करेगा। पायलट प्रॉजेक्ट के तौर पर इस तकनीक का प्रयोग यू.पी. के नौ जिलों में नौ मार्गों पर किया जाएगा। इनमें आगरा, प्रयागराज, बरेली, गोरखपुर, झाँसी, कानपुर नगर, लखनऊ, मेरठ और वाराणसी जिलों के एक-एक मार्ग को चिह्नित किया गया है। वेस्ट प्लास्टिक के उपयोग से मरम्मत किए गए मार्गों की मजबूती बढ़ेगी। साथ ही वेस्ट प्लास्टिक का भी उपयोग हो सकेगा।

क्या है सिंगल यूज प्लास्टिक

जो प्लास्टिक सिर्फ एक ही बार इस्तेमाल किया जाता है, उसे सिंगल यूज प्लास्टिक कहा जाता है। इसमें एक ऐसा केमिकल पाया जाता है, जो सेहत के साथ-साथ पर्यावरण के लिए भी नुकसानदायक है। प्लास्टिक पूरी तरह से नष्ट नहीं होता। जलाने पर यह पिघल तो जाता है, लेकिन ठंडा होने पर एकदम ठोस हो जाता है।

मेजर ध्यानचंद पथ

पद्मभूषण और हॉकी के जादूगर कहे जानेवाले मेजर ध्यानचंद की जयंती पर उत्तर प्रदेश सरकार ने राज्य के नेशनल और इंटरनेशनल खिलाड़ियों के घर तक सड़क बनाने की योजना की शुरुआत कर दी है। उप-मुख्यमंत्री

केशव प्रसाद मौर्य ने पद्मभूषण मेजर ध्यानचंद विजय-पथ योजना के तहत ऐसे 19 खिलाड़ियों के घर तक बननेवाली सड़कों का शिलान्यास किया। उप-मुख्यमंत्री ने यह ऐलान किया प्रदेश के कैबिनेट मंत्री रहे पूर्व क्रिकेटर दिवंगत चेतन चौहान के नाम पर भी सड़क का नामकरण किया जाएगा। जिन सड़कों का उप-मुख्यमंत्री ने वर्चुअल शिलान्यास किया है, अगले साल 29 अगस्त को खेल दिवस के अवसर पर ही उनका लोकार्पण किया जाएगा।

मेजर ध्यानचंद विजय-पथ के बारे में बताते हुए उन्होंने कहा कि जिन खिलाड़ी के गाँव-घर तक रोड बनाए जाएँगे, उनके नाम और उपलब्धियों के बारे में जानकारी देनेवाले साइन बोर्ड लगाए जाएँगे। उन्होंने कहा कि खिलाड़ी देश के गौरव हैं और राज्य स्तर पर जो गोल्ड मेडल जीतेंगे, उनके गाँव तक भी सरकार सड़क बनाने का काम करेगी।

पूर्व क्रिकेटर और कैबिनेट मंत्री रहे चेतन चौहान का हाल में कोरोना संक्रमण के बाद निधन हो गया था। उनकी याद में स्वर्गीय चेतन चौहान के नाम पर भी मुख्य सड़क का नामाकरण किया जाएगा, ताकि वर्तमान और आनेवाली पीढ़ियाँ उनको याद करें।

इन खिलाड़ियों के गाँव-घर तक पहुँचेंगी सड़कें—मथुरा के पवन कुमार शर्मा व आशीष गौतम (तलवारबाजी), ईशा धनगर, जूडो (अंडर-17 व अंदर-14) और जीतू गोला (एकल एवं युगल फेंसिंग प्रतियोगिता) शामली के प्रवीन कुमार (क्रिकेटर), मेरठ के रवि कुमार (निशानेबाजी), बागपत के वरुण पहलवान (कुश्ती), कोमल शर्मा व कु. तान्या चौधरी (एथलेटिक्स) और सुश्री तनु राठी (बॉलीबाल), गाजियाबाद की अकांक्षा बंसल (शूटिंग-एअर पिस्टल), बुलंदशहर के अभिषेक सिंह (कबड्डी), देवरिया के डॉ. आर.पी. सिंह (हॉकी), बाराबंकी की सुश्री कविता यादव (क्रास कंट्रीदौड़-गोडल मेडेलिस्ट), मथुरा की वैदेही मिश्रा (जूनियर फेंसिंग प्रतियोगिता), बुलंदशहर के भुवनेश्वर कुमार (क्रिकेटर), सतीश कुमार (बॉक्सिंग) और शांति स्वरूप (एशियाई नौकायन) और बागपत की छवि तोमर (बॉलीबाल)। □

16

उ.प्र. में आई सफाई क्रांति

स्वच्छ भारत अभियान भारत सरकार द्वारा चलाया गया सबसे महत्त्वपूर्ण स्वच्छता अभियान है। श्री नरेंद्र मोदी ने इंडिया गेट पर स्वच्छता के लिए आयोजित एक प्रतिज्ञा समारोह की अगुआई की थी, जिसमें देश भर से आए हुए लगभग 50 लाख सरकारी कर्मचारियों ने भाग लिया। उन्होंने इस अवसर पर राजपथ पर एक पदयात्रा को भी झंडी दिखाई थी और न केवल सांकेतिक रूप से दो-चार कदम चले, बल्कि भाग लेनेवालों के साथ काफी दूर तक चलकर लोगों को आश्चर्यचकित कर दिया।

प्रधानमंत्री ने स्वयं लगाई झाड़ू

स्वच्छता के जन-अभियान की अगुआई करते हुए प्रधानमंत्री ने जनता को महात्मा गांधी के स्वच्छ और स्वास्थ्यवर्धक वातावरण वाले भारत के निर्माण के सपने को साकार करने के लिए प्रेरित किया। श्री नरेंद्र मोदी ने स्वयं मंदिर मार्ग पुलिस थाने में स्वच्छता अभियान को शुरू किया। धूल-मिट्टी को साफ करने के लिए झाड़ू उठाकर स्वच्छ भारत अभियान को पूरे राष्ट्र के लिए एक जन-आंदोलन का रूप दिया और कहा कि लोगों को न तो स्वयं गंदगी फैलानी चाहिए और न ही किसी और को फैलाने देना चाहिए। उन्होंने 'न गंदगी करेंगे, न करने देंगे।' का मंत्र भी दिया। श्री नरेंद्र मोदी ने नौ लोगों को स्वच्छता अभियान में शामिल होने के लिए भी आमंत्रित किया और उनमें से हर एक से यह अनुरोध किया कि वह अन्य नौ लोगों को इस पहल में शामिल होने के लिए प्रेरित करें।

वाराणसी में प्रधानमंत्री ने गंगा घाट पर चलाया फावड़ा

लोगों को इस अभियान में शामिल होने का आह्वान करके स्वच्छता अभियान एक राष्ट्रीय आंदोलन का रूप ले चुका है। स्वच्छ भारत अभियान के संदेश ने लोगों के अंदर उत्तरदायित्व की एक अनुभूति जगा दी है। अब जबकि नागरिक पूरे देश में स्वच्छता के कामों में सक्रिय रूप से सम्मिलित हो रहे हैं। महात्मा गांधी द्वारा देखा गया 'स्वच्छ भारत' का सपना अब साकार होने लगा है।

प्रधानमंत्री ने अपनी बातों और अपने कामों से स्वच्छ भारत के संदेश को लोगों का प्रयोग करके पूरे भारत और पूरी दुनिया में फैला दिया है। उन्होंने वाराणसी में भी स्वच्छता अभियान चलाया। उन्होंने स्वच्छ भारत मिशन के तहत गंगा नदी के निकट अस्सी घाट पर फावड़ा चलाया। बड़ी संख्या में उनके साथ शामिल होकर स्वच्छता अभियान में उनका सहयोग दिया। स्वच्छता के महत्त्व को समझते हुए प्रधानमंत्री श्री नरेंद्र मोदी ने इसके साथ ही साथ स्वास्थ्य संबंधी समस्याओं को हल करने की बात भी उठाई है। ये स्वास्थ्य समस्याएँ लगभग आधे भारतीय परिवारों को घर में उचित शौचालय न होने के कारण झेलनी पड़ रही हैं।

समाज की बढ़-चढ़कर भागीदारी

समाज के विभिन्न वर्गों ने आगे आकर स्वच्छता के इस जन-अभियान में हिस्सा लिया है और अपना योगदान दिया है। सरकारी कर्मचारियों से लेकर जवानों तक, बॉलीवुड के अभिनेताओं से लेकर खिलाड़ियों तक, उद्योगपतियों से लेकर आध्यात्मिक गुरुओं तक सभी ने इस महान् काम के लिए अपनी प्रतिबद्धता जताई है। देश भर के लाखों लोग सरकारी विभागों द्वारा चलाए जा रहे स्वच्छता के इन कामों में आए दिन सम्मिलित होते रहे हैं। इस काम में एन.जी.ओ. और स्थानीय सामुदायिक केंद्र भी शामिल हैं। नाटकों और संगीत के माध्यम से सफाई-सुथराई और स्वास्थ्य के गहरे संबंध के संदेश को लोगों तक पहुँचाने के लिए बड़े पैमाने पर पूरे देश में स्वच्छता अभियान चलाए जा रहे हैं।

स्वच्छ भारत एक 'जन-आंदोलन' का रूप ले चुका है, क्योंकि इसे जनता का अपार समर्थन मिला है। बड़ी संख्या में नागरिकों ने भी आगे आकर साफ-सुथरा भारत बनाने का प्रण किया है। स्वच्छ भारत अभियान के आरंभ के बाद गलियों की सफाई के लिए झाड़ू उठाना, कूड़े-करकट की सफाई, स्वच्छता पर ध्यान केंद्रित करना और अपने चारों ओर स्वास्थ्यवर्धक वातावरण बनाना अब जनता की प्रकृति बन गई है। जनता 'स्वच्छता ईश्वरत्व के निकट है' के संदेश को फैलाने में मदद दे रही है और इस काम में शामिल हो रही है।

स्वच्छ उत्तर प्रदेश, स्वस्थ उत्तर प्रदेश

प्रधानमंत्री के इस सपने को साकार करने के लिए उत्तर प्रदेश सरकार ने 'स्वच्छ उत्तर प्रदेश, स्वस्थ उत्तर प्रदेश' नाम से एक अभियान की शुरुआत की है। इस अभियान का मकसद प्रशासन और जन-भागीदारी के सामूहिक प्रयासों से पूरे उत्तर प्रदेश को गदंगी और बीमारियों से मुक्त कराना है।

उत्तर प्रदेश के सभी जिले ओ.डी.एफ.

मुख्यमंत्री योगी आदित्यनाथ ने गोरखपुर की मलिन बस्ती अधियारी बाग में दीप प्रज्वलित किया। गंदगी के खिलाफ नए अभियान का शंखनाद किया। झाड़ू लगाई और समाज से गंदगी मिटाने का संदेश दिया। सरकार गठन के बाद से ही योगी सरकार ने स्वच्छता को प्राथमिकताओं में सबसे ऊपर रखा है। आँकड़े बयाँ करने के लिए काफी है। चार महीने में ही यू.पी. के गंगा किनारे 1627 गाँव खुले में शौच मुक्त (ओ.डी.एफ.) हुए। योगी की नीतियों और काम कराने के अंदाज का ही परिणाम है कि आज प्रदेश के 75 जिले खुले में शौच मुक्त (ओ.डी.एफ.) घोषित किए जा चुके हैं। प्रदेश सरकार ने 8 लाख 906 व्यक्तिगत घरेलू शौचालय निर्मित कराएँ हैं। 652 नगर निकाय खुले में शौच (ओ.डी.एफ.) घोषित हो चुके हैं। प्रदेश सरकार की यह बड़ी उपलब्धि है।

नगरों में 62 हजार 818 सामुदायिक शौचालयों का निर्माण और 652 पिंक शौचालयों का निर्माण पिछले तीन सालों में सरकार ने किया है।

स्मार्ट सिटी मिशन

जून 2015 को प्रधानमंत्री नरेंद्र मोदी द्वारा लॉञ्च किया गया था। स्मार्ट सिटीज मिशन का उद्देश्य देश के 100 शहरों में आधारभूत सुविधाओं का विकास करना और नागरिकों को एक स्वच्छ और स्थायी वातावरण प्रदान करना है। स्मार्ट सिटीज मिशन देश में 100 शहरों के निर्माण के लिए एक शहरी विकास कार्यक्रम है।

स्मार्ट सिटी मिशन का उद्‌देश्य ऐसे शहरों को बढ़ावा देने का है, जो मूल बुनियादी सुविधाएँ उपलब्ध कराएँ, अपने नागरिकों को एक सभ्य गुणवत्तापूर्ण जीवन प्रदान करें और एक स्वच्छ और टिकाऊ पर्यावरण एवं 'स्मार्ट' तरीके से संसाधनों का प्रयोग करें। अर्थात् स्मार्ट सिटी मिशन स्थानीय विकास को सक्षम करने और प्रौद्योगिकी की मदद से नागरिकों के जीवन-स्तर में सुधार लाने के लिए बनाया गया है।

उत्तर प्रदेश में स्मार्ट सिटी योजना के तहत लखनऊ, कानपुर, प्रयागराज, वाराणसी, आगरा, सहारनपुर, बरेली, झाँसी, मुरादाबाद, अलीगढ़ में 20 हजार करोड़ रुपए की परियोजनाओं पर काम चल रहा है।

□

17

स्वास्थ्य सेवाओं से हर वर्ग को इलाज

योगी सरकार ने अपने तीन साल के कार्यकाल में जिन क्षेत्रों पर फोकस किया है, उसमें स्वास्थ्य के क्षेत्र में भी अहम है। सरकार ने चिकित्सा सेवा की गुणवत्ता में सुधार करने के साथ चिकित्सा शिक्षा को भी बेहतर बनाने की पहल की है। इसके साथ ही इस बात पर जोर दिया कि स्वास्थ्य योजनाओं का लाभ वास्तव में पात्रों तक पहुँच सके।

इंसेफेलाइटिस से मौतों में 81 प्रतिशत की कमी

बीते तीन सालों में स्वास्थ्य सेक्टर में किए कार्यों पर नजर डालें, तो इसमें अहम सफलता इंसेफेलाइटिस जैसी गंभीर बीमारी को रोकने में कामयाबी हासिल करना है। इस बीमारी से होने वाली मौतों में लगातार गिरावट दर्ज की गई है। चार दशकों से मासूमों के लिए काल बनी इंसेफेलाइटिस के मामलों में विगत तीन वर्षों में 56 प्रतिशत की कमी आई है और मौत के आँकड़ों में 81 प्रतिशत की कमी आई है।

एडवांस लाइफ सपोर्ट एंबुलेंस

प्रदेश में पहली बार एडवांस लाइफ सपोर्ट एंबुलेंस सेवा के द्वारा गंभीर रोगियों के इलाज की व्यवस्था की गई। वर्तमान में संचालित 250 एंबुलेंसों के द्वारा दिसंबर 2019 तक 1.61 लाख लाभार्थियों को सेवा प्रदान की गई है। प्रदेश में पहली बार नेशनल मोबाइल मेडिकल यूनिट द्वारा स्वास्थ्य सुविधा

प्रदान करने के लिए 170 एम.एम.यू. 53 जनपदों में क्रियाशील है, जिसके द्वारा दिसंबर 2019 तक 16.19 लाख लाभार्थियों को सेवा प्रदान की गई है।

आरोग्य मेला से 12 लाख लोगों को मिला उपचार

इसके अलावा 2 फरवरी, 2020 से सभी ग्रामीण और शहरी प्राथमिक स्वास्थ्य केंद्रों पर हर रविवार को आयोजित किए जानेवाले मुख्यमंत्री आरोग्य मेले के जरिए समाज के अंतिम पायदान तक स्वास्थ्य सेवाओं को पहुँचाने के प्रयास के अंतर्गत मात्र तीन चरणों में ही बारह लाख रोगियों को उपचार प्रदान किया गया है। 20 हजार से अधिक रोगियों को अस्पतालों में भर्ती कराया गया।

आयुष्मान भारत

प्रधानमंत्री जन आरोग्य योजना 'आयुष्मान भारत' के अंतर्गत 1 करोड़ 18 लाख गरीब परिवारों को 5 लाख रुपए तक की नि:शुल्क चिकित्सा बीमा के माध्यम से प्रदान की गई। यही नहीं, सरकार ने प्रदेश के गरीबों को मुफ्त में इलाज और दवाइयाँ मुहैया कराकर उनको नया जीवन प्रदान कर दिया। पूरे देश में यू.पी. ही वह प्रदेश है, जहाँ प्रधानमंत्री की यह महत्त्वाकांक्षी योजना अव्वल रही है।

405 प्राथमिक स्वास्थ्य केंद्र हेल्थ ऐंड वेलनेस केंद्र में तब्दील

शहरी क्षेत्रों में विशेष कर मलिन बस्तियों में रहनेवाले जनसंख्या को गुणवत्तापरक नि:शुल्क सेवाएँ उपलब्ध कराने के उद्देश्य से 592 नगरीय प्राथमिक स्वास्थ्य केंद्र क्रियाशील हैं। तीन वर्षों में 405 नगरीय प्राथमिक स्वास्थ्य केंद्रों को हेल्थ ऐंड वेलनेस केंद्र के रुप में तब्दील किया गया।

स्वास्थ्य महकमे में नौकरियाँ

प्रदेश में मानव संसाधन की कमी से निपटने के लिए मई 2017 में चिकित्सकों की सेवानिवृत्त आयु 60 साल से बढ़ाकर 62 साल की गई।

इसके अलावा, 11 हजार 522 स्टाफ नर्स, 6 हजार 916 ए.एन.एम. और 1 हजार 596 कम्युनिटी हेल्थ ऑफिसर की तैनाती की गई है। प्रधानमंत्री मातृ-वंदना योजना के अंतर्गत कुल ढाई लाख से अधिक लाभार्थियों का पंजीकरण किया गया है। लाभार्थियों को लगभग 890.84 करोड़ रुपए का भुगतान किया गया है।

जननी सुरक्षा योजना में 19 लाख 23 हजार संस्थागत प्रसव

जननी सुरक्षा योजना के अंतर्गत प्रदेश में गर्भवती महिलाओं का राजकीय चिकित्सा इकाइयों में वर्ष 2017-18 में 25.55 लाख, 2018-19 में 25.72 लाख और साल 2019-20 में दिसंबर 2019 तक 19.23 लाख संस्थागत प्रसव कराए गए और उन्हें जननी सुरक्षा योजना का लाभ प्रदान किया गया है। अस्पतालों में दवाओं की उपलब्धता सुनिश्चित करने के लिए उत्तर प्रदेश मेडिकल सप्लाइज कॉरपोरेशन लिमिटेड स्थापित किया गया है। वर्तमान में 296 औषधियाँ ई.डी.एल. में सूचीबद्ध हैं।

तीन साल में बने 15 नए मेडिकल कॉलेज

उत्तर प्रदेश में आजादी के बाद सात दशक में यू.पी. की 23 करोड़ आबादी के लिए सिर्फ 12 राजकीय मेडिकल कॉलेज थे। योगी सरकार के तीन साल के कार्यकाल में रिकॉर्ड 15 नए मेडिकल कॉलेज बने। इन मेडिकल कॉलेजों में से प्रत्येक में शैक्षिक सत्र 2019-2020 इनमें से आठ मेडिकल कॉलेज निर्माणाधीन है। इसके अलावा, और 13 जिलों में मेडिकल कॉलेज निर्माण को इसी वित्त वर्ष में स्वीकृति दी गई है। दो सालों में 45 जिले मेडिकल कॉलेज व संस्थान होंगे।

गोरखपुर और रायबरेली एम्स में ओ.पी.डी. चालू

इसके साथ ही सरकार के प्रयासों से गोरखपुर और रायबरेली में एम्स का निर्माण कार्य प्रगति पर है। इन दोनों एम्स में ओ.पी.डी. चल रही है और एम.बी.बी.एस. की 50-50 सीटों पर दाखिला भी हो चुका है। लखनऊ में पूर्व

प्रधानमंत्री भारत रत्न अटल बिहारी वाजपेयी की स्मृति में एक नए चिकित्सा विश्वविद्यालय की स्थापना का कार्य प्रगति पर है।

मातृ मृत्यु-दर में 30 प्रतिशत गिरावट

स्वास्थ्य सेवाओं की बेहतरी के नाते ही उत्तर प्रदेश में वर्ष 2014 में मातृ मृत्यु-दर 285 प्रति लाख के मुकाबले वर्ष 2019 में घटकर यह दर 201 प्रति लाख रह गई है। मातृ मृत्यु-दर में सबसे ज्यादा 30 प्रतिशत गिरावट लाने के लिए उत्तर प्रदेश को भारत सरकार की ओर से एम.एम.आर. अवार्ड से नवाजा गया। वर्ष 2014 में शिशु मृत्यु-दर 48 प्रति हजार के मुकाबले वर्ष 2019 में 41 प्रति हजार रह गई।

स्वास्थ्य सुविधाओं में हुए उल्लेखनीय कार्य

प्रदेश के चिकित्सा एवं स्वास्थ्य मंत्री जय प्रताप सिंह के मुताबिक लोगों को गुणवत्तापरक चिकित्सीय सुविधाएँ प्रदान करने के लिए वर्तमान प्रदेश सरकार कार्य योजना बनाकर काम कर रही है। स्वास्थ्य सुविधाओं में उल्लेखनीय कार्य हुए हैं, जिनको जनता स्वयं महसूस कर रही है।

स्वास्थ्य क्षेत्र का हुआ कायाकल्प

तीन साल में चिकित्सा क्षेत्र में काफी सुधार हुए हैं। इसकी फेहरिस्त काफी लंबी है। बेहतर सुविधाएँ और माहौल मिलने से सरकारी चिकित्सक भी बदलाव महसूस कर रहे हैं।

इंद्रधनुष टीकाकरण और ड्रग कॉरपोरेशन

एम.बी.बी.एस. और पोस्ट ग्रैजुएशन (पी.जी.) की सीटें बढ़ी हैं। नए मेडिकल कॉलेज का सृजन हुआ। बच्चों के स्वास्थ्य को ध्यान में रखकर इंद्रधनुष टीकाकरण का शुभारंभ किया गया। दवाओं में परदर्शी नीति बनाने के लिए ड्रग कॉरपोरेशन की स्थापना की गई।

इसी तरह स्वास्थ्य सेवा में होनेवाले खर्च को कम करने और लोगों

को सभी तरह की दवाइयाँ सस्ते दामों पर उपलब्ध कराने के लिए प्रधानमंत्री जन-औषधि केंद्र खोले गए।

एंबुलेस को बढ़ाया, गाँवों में साफ पानी

108, 102 इमरजेंसी सेवा में और अधिक एंबुलेंस को शामिल किया गया। गाँवों में संक्रामक रोगों पर नियंत्रण के लिए शुद्ध पेयजल की व्यवस्था की गई। चिकित्सा महकमे में लगे शासकीय कर्मचारियों का समय-समय पर प्रमोशन और मानदेय में बढ़ोतरी की गई। लोक सेवा आयोग और एन.एच. एम. के तहत चिकित्सकों की कमी पूरी करने का सतत प्रयास किया जा रहा है।

जिला अस्पतालों में मुफ्त डायलिसिस और सी.टी. स्कैन

स्पेशलिस्ट डॉक्टरों की कमी दूर करने के लिए जिला अस्पतालों में डी.एन.बी. कोर्स (डिप्लोमेट ऑफ नेशनल बोर्ड) की शुरुआत की गई। मंडल स्तरीय चिकित्सालयों में ट्रामा सेंटर की स्थापना और किडनी रोग से पीड़ित मरीजों के लिए मुफ्त डायलिसिस की सुविधा दी जा रही है। साथ ही सी.टी. स्कैन भी निःशुल्क कर दिया गया। मरीजों को बाहर डिजिटल एक्स-रे कराना पड़ता था। उनकी जेब ढीली होती थी। अब उन्हें यह सुविधा जिला अस्पताल में ही मिल रही है। पैथोलॉजी को पी.पी.डी. मॉडल पर आधुनिकृत किया गया।

रोबोटिक सर्जरी की शुरुआत

एस.जी.पी.जी.आई. लखनऊ में स्टेम सेल रिसर्च सेंटर, बोन मेरो ट्रांसप्लांट सेंटर, लीवर ट्रांसप्लांट सेंटर और 60 बेड का ट्रामा सेंटर कार्य कर रहा है। यहाँ रोबोटिक सर्जरी की शुरुआत हो गई है।

□

18

'हर घर नल का जल' से बदलेगी तकदीर

उत्तर प्रदेश का बुंदेलखंड इलाका अभिशप्त है। गरीबी के लिए। सूखे के लिए। जल संकट के लिए। आजादी के बाद से आज तक कई योजनाएँ बनीं। नतीजा शून्य ही रहा। पानी के संकट के कारण यहाँ खेती हो नहीं पाती। रोजगार के साधन नहीं है। पीने का पानी भी महिलाएँ कई-कई किलोमीटर दूर से भरकर लाती हैं। कई गाँव ऐसे हैं, जहाँ पानी के संकट के कारण कोई अपनी बेटी भी यहाँ ब्याहना नहीं चाहता। हर साल खेत सूखते हैं। लोग गाँव छोड़ते हैं। घर छोड़ते हैं। पलायन करते हैं। अब हालात बदल रहे हैं। बुंदेलखंड में हर घर नल योजना का शुभारंभ हो चुका है। हर घर नल प्रधानमंत्री नरेंद्र मोदी का सपना है।

प्रधानमंत्री नरेंद्र मोदी का वादा

लोकसभा चुनाव के लिए प्रचार अभियान के दौरान प्रधानमंत्री नरेंद्र मोदी ने वादा किया था कि जल संबंधी मुद्दों से निपटने के लिए एकीकृत मंत्रालय का गठन किया जाएगा। इस वादे को पूरा करते हुए केंद्र सरकार ने जल संसाधन और पेयजल एवं स्वच्छता मंत्रालयों को मिलाकर 'जल शक्ति मंत्रालय' बनाया है। इस मंत्रालय की जिम्मेदारी गजेंद्र सिंह शेखावत और रतन लाल कटारिया को सौंपी गई है।

आम बजट में किया प्रावधान

मोदी सरकार 2.0 का पहला बजट केंद्रीय वित्तमंत्री निर्मला सीतारमण

ने जब पेश किया, तब वित्तमंत्री ने देश में 'हर घर नल और हर घर जल' पहुँचाने का प्रावधान कर दिया। बजट भाषण के दौरान उन्होंने कहा कि 'जल जीवन मिशन' के तहत 2024 तक सभी ग्रामीण घरों में 'हर घर जल' के लिए राज्यों के साथ मिलकर जल शक्ति मंत्रालय काम करेगा।

5 बिंदुओं पर रहेगी नजर

'जल शक्ति अभियान' इसके तहत देश के 256 जिलों के अधिक प्रभावित 1 हजार 592 खंडों पर जोर दिया जाएगा। यह अभियान पाँच बिंदुओं (जल संरक्षण और वर्षा जल संचयन, परंपरागत और दूसरे जल निकायों के नवीनीकरण, जल के दोबारा इस्तेमाल और ढाँचों के पुनर्भरण, जल-विभाजन विकास और गहन वनीकरण, पेयजल की सफाई) पर केंद्रित होगा।

बुंदेलखंड में विकास का सूर्योदय

प्रधानमंत्री नरेंद्र मोदी के इस सपने को उ.प्र. में अमलीजामा पहनाया मुख्यमंत्री योगी आदित्यनाथ ने। उन्होंने 'हर घर नल का जल' योजना का शुभारंभ झाँसी के ग्राम मुराटा में कर दिया। यहाँ पेयजल योजनाओं की आधारशिला रखते हुए सी.एम. योगी ने कहा कि वीर भूमि बुंदेलखंड में 'विकास का सूर्योदय' हो चुका है।

बुंदेलखंड में 2185 रुपए करोड़ की 12 पेयजल परियोजनाओं के निर्माण कार्य का शुभारंभ हुआ। वे इस काम के लिए प्रधानमंत्री नरेंद्र मोदी का कोटिशः आभार करते हैं। योगी कहते हैं कि 'जल-जीवन मिशन' बुंदेलखंड की उन्नति को यू.पी. सरकार की ओर से अर्घ्य स्वरूप है। शुभारंभ समारोह में केंद्रीय जल शक्ति मंत्री गजेंद्र सिंह शेखावत, यू.पी. के जल शक्ति मंत्री महेंद्र सिंह और भा.ज.पा. प्रदेश अध्यक्ष स्वतंत्र देव सिंह भी मौजूद थे।

□

19

प्रधानमंत्री आवास योजना

तीन करोड़ से अधिक गरीब लोगों को मिला उनका अपना घर

उत्तर प्रदेश के गाजीपुर जिले के जखनियाँ विकास खंड में एक गाँव है अलीपुर भंदरा। पिछले बीस सालों से आशा देवी और उसका पति जगधारी राम एक मढई (झोंपड़ी) में जीवन गुजार रहे थे। मौसम की मार के साथ इनके कष्ट भी बढ़ जाते थे। कभी आँधी से झोंपड़ी उजड़ जाती, तो कभी तेज बारिश में। तेज धूप हो या कड़ाके की ठंड जीवन दूभर था। जैसे-तैसे दिन गुजर रहे थे। हर रोज पहले कमाई की चिंता, फिर झोंपड़ी बचाने का डर। आशा देवी कहती हैं, "पूरी जिंदगी झोंपड़े में बीती है। हमारी अपनी कभी छत होगी, यह सोचा ही नहीं था। ऐसे में प्रधानमंत्री नरेंद्र मोदी की योजना ने हमारे जीवन में रंग भर दिया। गाँव में इस योजना के जब फॉर्म भरे जा रहे थे, तब यकीन नहीं था। सभी को यह लग रहा था कि इस तरह के फॉर्म जब भी चुनाव का समय आता है, भरवाए जाते हैं। चुनाव के बाद कोई पूछने भी नहीं आता। जब चुनाव से पहले ही हमारा नाम लिस्ट में आया तो यकीन ही नहीं हुआ।"

आशा देवी बोलते-बोलते भावुक हो जाती हैं, कहती हैं कि जब नंबर आया तो लगा कि अब घूस देनी पड़ेगी। पैसा कहाँ से आएगा? बाद में पता चला कि हमें न घूस देनी है और न ही कोई अलग से पैसा। हमारे पूरे परिवार ने कभी नहीं सोचा था कि अपनी छत भी होगी। यह हमारी जिंदगी का सबसे बड़ा सपना था, जो सच हो रहा था। जब अपने घर में प्रवेश किया, तो पाँव

जमीन पर नहीं पड़ रहे थे। गाँव के बहुत से लोगों को मोदीजी ने घर दिए हैं। आशा देवी इस घर को मोदी घर ही कहती हैं।

गाँव के लोग इकट्ठा हो जाते हैं। वे कहते हैं, किसी सरकार ने गरीबों के लिए काम नहीं किया। मोदीजी ने पहली बार हम लोगों के लिए सोचा है। हमारे साथ तो साल-दर-साल अन्याय ही होता आया है। जाति के नाम पर हमें ठगते रहे, लेकिन किया कुछ नहीं। हमारे लिए तो मोदीजी देव पुरुष से कम नहीं है। जब गाँव के लोगों को मकान मिले, तो बगैर भेदभाव के मिले। न जाति देखी गई, न धर्म पूछा गया। लिस्ट में नाम आया और घर मिल गया।

उत्तर प्रदेश में इस योजना के तहत कमजोर और गरीब लोगों के लिए ग्रामीण क्षेत्रों में 3 करोड़ आवास और शहरी क्षेत्रों में 30 लाख से ज्यादा घर या तो बनाए जा चुके हैं या फिर स्वीकृत हो चुके हैं।

यह योजना प्रधानमंत्री नरेंद्र मोदी ने जून 2015 में लागू की थी। इस योजना के तहत 2022 तक गरीबी रेखा से नीचे जीवनयापन करनेवाले लोगों को घर उपलब्ध कराना है। उत्तर प्रदेश में इस योजना को मुख्यमंत्री योगी आदित्यनाथ ने प्राथमिकता पर लिया। योजना को तेज गति से अमलीजामा पहनाया जाने लगा। पूरे देश में सबसे तेज गति से इस योजना का लक्ष्य पूरा करनेवाला उ.प्र. देश का अग्रणी राज्य बन गया। केंद्र की इस योजना से लोगों की तकदीर बदलने लगी। अपना घर का सपना सच होने लगा। योजना पर लगातार काम चल रहा है। इस योजना की बदौलत यू.पी. सरकार को भी काम दिखाने का भरपूर अवसर मिला।

अगर आप भी अपना घर बनाना चाहते हैं और जरूरी पैसे की दिक्कत से जूझ रहे हैं तो आप पी.एम. आवास योजना के तहत मिलनेवाली मदद ले सकते हैं। पी.एम.ए.वाई.-जी. के तहत घर पाने के लिए आवेदन करने के बाद केंद्र सरकार लाभार्थियों का चुनाव करती है। इसके बाद लाभार्थियों की फाइनल लिस्ट पी.एम.ए.वाई.-जी. की वेबसाइट पर डाल दी जाती है। □

20

दीपोत्सव, देव दीवाली और रंगोत्सव से पर्यटन को लगे पंख

उत्तर प्रदेश भारत के हृदयस्थल में संस्कृतियों के मिलन और आस्था के संगम के अनोखे दृश्यों को समेटे एक अनूठा प्रदेश है। यही नहीं, उत्तर प्रदेश में पूरे उप-महाद्वीप की दो महान् प्राचीन नदियों—गंगा और यमुना के किनारे संस्कृतियों और धार्मिक रीतियों का उद्गम हुआ। इतिहास गवाह है कि महान् नदियों के किनारे ही गौरवशाली सभ्यताओं और नगरों का विकास हुआ है। भारत में गंगा और यमुना के दोनों ओर बसे नगरों में जिन धार्मिक, सांस्कृतिक, वैचारिक और बौद्धिक परंपराओं का विकास हुआ है, उसने पूरे देश ही नहीं, बल्कि विश्व को एक नई दिशा दी है।

उत्तर प्रदेश में इन नदियों के किनारे यात्रा करना अपने आप में एक यादगार और रोमांचक अनुभव है। उ.प्र. के पर्यटन को तब और पंख लग गए, जब अयोध्या में दीपोत्सव, मथुरा में कृष्णोत्सव, बनारस में देव दीपावली और बरसाना (राधाजी का गाँव, जिला मथुरा) में रंगोत्सव का भव्य आयोजन होने लगा।

अयोध्या में भव्य दीपोत्सव

अयोध्या में दीपावली के अवसर पर होने वाला 'दीपोत्सव' देश-दुनिया में अपनी पहचान बना चुका है। यह आयोजन धार्मिक महत्त्व के साथ ही पर्यटन की दृष्टि से भी महत्त्वपूर्ण है। सरकार का मानना है कि

इसके जरिए पर्यटन की बड़ी संभावनाएँ पैदा होती हैं। सरयू किनारे चार लाख दीये जलाकर यहाँ विश्व रिकॉर्ड बना। अयोध्या के 13 प्रमुख मंदिरों में तीन दिन तक हर दिन 5001 दीये जलाए गए। नगर के सभी 10 हजार मंदिरों और घरों में भी दीये जलाए गए। अयोध्या के समेकित विकास के लिए 133 करोड़ रुपए खर्च किए जाएँगे। अयोध्या विश्व के मानचित्र पर जल्द ही अयोध्या का नाम होगा।

दीप प्रज्वलित प्रदेश के मुख्यमंत्री योगी आदित्यनाथ ने किया था। योगी ने यहाँ कहा था कि कि राम की परंपरा पर सबको अनुभूति होती है। सी.एम. योगी ने कहते हैं, "मोदी सरकार में बिना किसी भेदभाव के सबका विकास हो रहा है। पिछली सरकारें अयोध्या के नाम से डरती थीं। पी.एम. मोदी ने रामराज्य की धारणा को साकार किया है। मोदी ने भारत की परंपरा को विश्व पटल पर रखा। भारत दुनिया में विश्वगुरु के रूप में स्थापित हो रहा है।"

दीपोत्सव में पाँच देशों—मॉरीशस, नेपाल, सूरीनाम, इंडोनेशिया और थाईलैंड की रामलीला मंडलियों ने रामलीला का मंचन किया। इसके अलावा देश के विभिन्न हिस्सों से लगभग 32 सांस्कृतिक दलों के भी भव्य सांस्कृतिक आयोजन हुए। सांस्कृतिक आयोजन में श्रीलंका के कलाकारों ने भी बढ़-चढ़कर हिस्सा लिया था।

कृष्णोत्सव

उत्तर प्रदेश के मथुरा में अयोध्या की दीवाली की तरह ही भव्य तरीके से तीन दिवसीय कृष्ण जन्माष्टमी मनाई गई। विशाल मंच पर लगभग 1000 राष्ट्रीय और अंतरराष्ट्रीय कलाकार अपनी प्रस्तुतियाँ देकर लोगों को भक्ति रस में सराबोर कर दिया।

उत्तर प्रदेश के मथुरा में अयोध्या की दीवाली की तरह ही इस बार भव्य तरीके से तीन दिवसीय कृष्ण जन्माष्टमी मनाई जा रही है। इसके लिए विशाल मंच तैयार किया गया है, जिस पर लगभग 1000 राष्ट्रीय

और अंतरराष्ट्रीय कलाकार अपनी प्रस्तुतियाँ देकर लोगों को भक्ति रस में सराबोर करेंगे।

देव दीपावली

धर्म नगरी काशी का अनूठा देव दीपावली उत्सव अपने शुरुआत के 25 सालों बाद योगी राज में नए स्वरूप में दिखा। कार्तिक पूर्णिमा के मौके पर वाराणसी के आठ किलोमीटर लंबे अर्धचंद्राकार गंगा तट के 84 घाटों पर दीप जगमगाए। फूलों की विशेष सजावट से अलग छटा और सौंदर्य बरस रहा था। पहली बार गंगा पार रेती में भी दीप टिमटिमाए। प्रमुख घाटों पर रामलीला और श्रीकृष्णलीला की झाँकियाँ सजी थीं। घाटों पर बदलते बनारस की तसवीर दिखी, तो कहीं दीपों के माध्यम से बेटी बचाओ, स्वच्छता अभियान जैसे विषयों पर संदेश देखने को मिले।

राज्य सरकार ने पहली बार देव दीपावली पर घाटों से लेकर प्रमुख स्थानों पर उत्सव जैसा माहौल बनाने के लिए 50 लाख रुपए मंजूर किए थे। इससे सभी घाटों पर एक जैसी सजावट की गई। मुख्यमंत्री योगी आदित्यनाथ इस वर्ष देव दीपावली के अवसर पर काशी के खास मेहमान रहे। मुख्यमंत्री अलकनंदा क्रूज से गंगा में भ्रमण करते हुए काशी के घाटों की छटा निहारी।

जलाए 20 लाख दीप

घाटों के साथ पहली बार गंगा के दूसरे किनारे रेती पर दीपों की लड़ियाँ रोशन की गईं। 84 घाटों और किनारे के ऐतिहासिक भवनों, गंगा पार तथा कुंड तालाबों पर करीब बीस लाख दीपदान के लिए सैकड़ों टिन तेल, दीप-बत्ती जुटाने और घाट समितियों को उसके वितरण की जिम्मेदारी तय कर दी गई थी। अनुमान है कि 20 लाख दीप वाराणसी में जगमगाए।

अटलजी की स्मृति में आकाशदीप

देव दीपावली के दिन दशाश्वमेध घाट पर इंडिया गेट और अमर जवान ज्योति की रेप्लिका पर शहीदों को सेना और अर्धसैनिक बलों की टुकड़ियों ने सलामी दी। 'भारत रत्न' स्व. अटल बिहारी वाजपेयी की स्मृति में भी एक आकाशदीप निवेदित किया गया।

□

21

निवेशकों को भाने लगा उ.प्र.

आने लगा निवेश, डिफेंस कॉरिडोर से बढ़ेगा रोजगार

कुछ साल पहले तक निवेश आकर्षित करने में फिसड्डी रहा उत्तर प्रदेश अब निवेशकों को भाने लगा है। जो उद्यमी राज्य में उद्योग लगाने से कतराते थे, वे अब वहाँ बड़ा निवेश करने के इरादे जता रहे हैं। यह संभव हो सका तो प्रधानमंत्री नरेंद्र मोदी के इरादों से और यू.पी. को अव्वल बनाने के उनके सपने से। पहली इनवेस्टर्स समिट में जब उन्होंने अपना भाषण दिया, तो यू.पी. का पूरा रोडमैप सामने रख दिया। यह समिट 2018 में लखनऊ में हुई थी।

पी.एम. मोदी ने इस समिट में कहा, "जब परिवर्तन होता है तो दिखने लगता है।" उन्होंने कहा कि यू.पी. में बुनियाद तैयार हो चुकी है। जिस पर नए उत्तर प्रदेश की भव्य और दिव्य इमारत का निर्माण होगा। योगीजी की सरकार द्वारा अलग-अलग सेक्टरों के हिसाब से अलग-अलग नीति बनाकर काम किया जा रहा है। योगी सरकार के दौर में अब यू.पी. समृद्धि के रास्ते पर बढ़ रहा है।

'सुबह बनारस, शाम अवध'

प्रधानमंत्री जब बोले कि मलीहाबाद के आम फेमस हैं, मुरादाबाद के पीतल के बरतन, फिरोजाबाद का काँच चमक दिखाता है, आगरा का पेठा है, तो कन्नौज का इत्र भी है। यहाँ सुबह बनारस तो शाम की अवध है, यहाँ की राम की लीला है, तो कृष्ण की रास भी है। आई.आई.टी. कानपुर, बनारस

हिंदू यूनिवर्सिटी भी है। यू.पी. को माँ गंगा के मैदानी इलाकों का आशीर्वाद मिला हुआ है।

वर्ल्ड क्लास ब्रांडिंग, वर्ल्ड क्लास सर्विस

पी.एम. ने कहा कि वर्ल्ड क्लास सर्विस से वर्ल्ड क्लास प्रोडक्ट बनेगा। उत्तर प्रदेश आज अनाज के उत्पादन में, गेहूँ के उत्पादन में, गन्ने के उत्पादन में, दूध के उत्पादन में, आलू के उत्पादन में देश का नंबर वन स्टेट है। देश में दूसरे नंबर पर सब्जियों और तीसरे नंबर पर फलों का उत्पादन यहीं होता है, लेकिन किसान के प्रोडक्ट और इंडस्ट्री के बीच कनेक्शन जरूरी है।

खेत से बाजार की दूरी को मिटाना लक्ष्य

पी.एम. ने इस समिट में कहा था कि खेत से बाजार की दूरी को मिटाना ही सबसे बड़ा लक्ष्य है। यह उनकी किसानों के प्रति गंभीर सोच को दिखाता है। वे किसानों को लेकर हर वक्त चिंतित दिखाई देते हैं। उन्होंने कहा था कि हमें वर्ल्ड क्लास मार्केटिंग का माहौल बनाना होगा। देश में डिफेंस इंडस्ट्रियल कॉरिडोर बनाए जाएँगे, इनमें से एक उत्तर प्रदेश में प्रस्तावित है। यू.पी. में तो डिफेंस कोरिडोर का काम शुरू भी हो चुका है। पहले यू.पी. में सिर्फ 3 एयरपोर्ट थे, अब कुशीनगर और जेवर में दो नए इंटरनेशनल एयरपोर्ट बनाने का काम शुरू किया जा रहा है। 'उड़ान' योजना के तहत प्रदेश के ग्यारह अन्य शहरों में हवाई अड्डों का विकास किया जा रहा है।

पी.एम. मोदी के भाषण में यू.पी. की तरक्की ही फोकस

1. देश के विकास से साथ उत्तर प्रदेश का भी विकास हो रहा है।
2. यू.पी. के कुशीनगर और जेवर में दो अंतरराष्ट्रीय हवाई अड्डे बनाने का काम किया जा रहा है।
3. इक्कीसवीं सदी में उत्तर प्रदेश को नई ऊँचाइयों पर पहुँचाएँगे।
4. डिफेंस कॉरिडोर में आगरा, लखनऊ, झाँसी, चित्रकूट शामिल हैं।
5. हमारी सरकार, चाहे केंद्र में हो या राज्य में नौकरी केंद्र के साथ ही

लोग के केंद्रित विकास पर जोर देती रही है।

6. डिजिटल क्लीयरेंस सिस्टम से इज ऑफ डुइंग बिजनेस को मदद मिलेगी।
7. उत्तर प्रदेश अनाज उत्पादन में आज नंबर-1 है।
8. प्रदेश में पर्यटन की अपार संभावनाएँ हैं, समिट में जो नई पर्यटन नीति घोषित की जा रही है, उससे पर्यटन में यू.पी. को नंबर वन बनाने के लक्ष्य को पाया जा सकता है।
9. यू.पी.-महाराष्ट्र के बीच इस बात को लेकर प्रतिस्पर्धा हो सकती है कि कौन सा राज्य पहले ट्रिलियन डॉलर इकोनॉमी के लक्ष्य को हासिल करेगा।

योगी ने मोदी के सपनों को लगाए पंख

प्रधानमंत्री की इस सोच को अमलीजामा पहनाया मुख्यमंत्री योगी आदित्यनाथ ने। आज देश-विदेश के औद्योगिक घराने में यू.पी. में निवेश कर रहे हैं। मुख्यमंत्री योगी आदित्यनाथ कहते हैं, "प्रदेश में निवेश आकर्षित करने के लिए राज्य में सबसे आकर्षक निवेश संबंधी नीतियाँ मौजूद हैं। निवेश आकर्षित करने के उद्देश्य से आवश्यकता पड़ने पर इनमें बदलाव भी किया जा सकता है। इच्छुक निवेशकों को आसानी से भूमि की उपलब्धता सुनिश्चित की जा रही है। उत्तर प्रदेश में निवेश के बहुत फायदे हैं।" योगी आदित्यानाथ कहते हैं, "निवेशकों को यहाँ मौजूद अवस्थापना सुविधाओं, एक्सप्रेस-वे नेटवर्क, विशाल बाजार, कुशल मानव शक्ति की उपलब्धता का लाभ मिल रहा है।" प्रदेश में मौजूद सुदृढ़ हवाई संपर्क के विषय में भी निवेशकों को आकर्षित करता है। प्रदेश में सकारात्मक माहौल है। प्रदेश की कानून-व्यवस्था चुस्त-दुरुस्त है, जो निवेश और औद्योगिक विकास के लिए अत्यंत महत्त्वपूर्ण है। राज्य सरकार प्रदेश के औद्योगिक विकास के लिए कटिबद्ध है। निवेशकों की हर संभव सहायता के लिए तैयार है। किसी भी निवेशक द्वारा राज्य में निवेश उसके लिए भविष्य में अत्यंत लाभकारी

साबित होगा। उत्तर प्रदेश में निवेश करने से उद्योगों के लिए एक बहुत बड़ा बाजार है।

दो गुना निवेश के प्रपोजल मिले

डी.पी.आई.आई.टी. के मुताबिक वर्ष 2018 में उत्तर प्रदेश में 26 हजार 262 करोड़ रुपए के प्रस्ताव आए। निवेश के लिए प्रस्तावित इस राशि के साथ उ.प्र. देश भर में सर्वाधिक निवेश आकर्षित करनेवाले पाँच राज्यों में शामिल हो गया है। जबकि दो-तीन साल पहले तक यू.पी. इस मामले में देश भर में 9वें व 10वें नंबर पर था। डी.पी.आई.आई.टी. की वेबसाइट पर उपलब्ध आँकड़ों से पता चलता है कि वर्ष 2018 में यू.पी. में निवेश की जितनी राशि का प्रस्ताव आया है, वह 2017 की तुलना में दोगुना है। 2017 में राज्य में सिर्फ 12 हजार 224 करोड़ रुपए के निवेश के प्रस्ताव आए थे। इससे पूर्व 2016 में भी राज्य प्रस्तावित निवेश का आँकड़ा महज 13 हजार 722 करोड़ रुपए, 2015 में 11 हजार 522 करोड़ रुपए और 12 हजार 371 करोड़ रुपए था।

दरअसल घरेलू-विदेशी उद्यमी डी.पी.आई.आई.टी. के पास आई.ई.एम. यानी इंडस्ट्रियल एंट्रीप्रीन्योर मेमोरेंडा दाखिल कर अलग-अलग राज्यों में उनके द्वारा प्रस्तावित निवेश की जानकारी देते हैं। इससे राज्यवार निवेश के ट्रेंड का पता चलता है। इससे निवेशकों का रुझान मालूम पड़ता है।

उत्तर प्रदेश पाँचवें नंबर पर

डी.पी.आई.आई.टी. के आँकड़ों को देखने पर पता चलता है कि वर्ष 2018 में सिर्फ चार राज्यों—कर्नाटक, महाराष्ट्र, गुजरात और राजस्थान में ही उत्तर प्रदेश से अधिक निवेश के प्रस्ताव आए। इस तरह निवेश आकर्षित करने के मामले में यू.पी. पाँचवें नंबर पर रहा, जबकि 2015 में यह 10वें नंबर पर था।

डिफेंस कोरिडोर

प्रधानमंत्री नरेंद्र मोदी के इनवेस्टर्स समिट के भाषण में एक खास शब्द इस्तेमाल हुआ। यह था डिफेंस कॉरिडोर। बाद में चित्रकूट में बुंदेलखंड

एक्सप्रेस-वे का शिलान्यास करते हुए भी प्रधानमंत्री नरेंद्र मोदी ने डिफेंस कोरिडोर का जिक्र अपने भाषण में कई बार किया।

आखिर क्या है डिफेंस कोरिडोर

डिफेंस कॉरिडोर सरकार एक महत्त्वाकांक्षी परियोजना है। खासतौर पर यह रक्षा क्षेत्र से जुड़ा मसला है। डिफेंस कॉरिडोर एक रूट होता है, जिसमें कई शहर शामिल होते हैं। इन शहरों में सेना के काम आनेवाले सामानों के निर्माण के लिए इंडस्ट्री-उद्योग विकसित किया जाता है। कई कंपनियाँ इस परियोजना का हिस्सा बनती हैं। कॉरिडोर के बनने के लिए व इसके संचालन के लिए पब्लिक सेक्टर, प्राइवेट सेक्टर और एम.एस.एम.ई. कंपनियाँ हिस्सा शामिल होती हैं। इस कॉरिडोर में वह सभी औद्योगिक संस्थान भी शामिल होते हैं, जो कि सेना के सामानों का निर्माण करते हैं। कॉरिडोर बनने के बाद यहाँ हथियारों से लेकर वरदी तक के सामानों का निर्माण किया जाएगा।

उत्तर प्रदेश के 6 जिलों में बनेगा कॉरिडोर

उत्तर प्रदेश में यह कॉरिडोर अलीगढ़, आगरा, झाँसी, चित्रकूट, कानपुर व लखनऊ में बनाया जाएगा। खास बात है कि इसका सबसे बड़ा हिस्सा बुंदेलखंड के झाँसी में स्थापित होगा। कॉरिडोर के साठ फीसदी हिस्से की स्थापना झाँसी में होगी। इसकी सबसे बड़ी वजह जमीन की आसानी से उपलब्धता व सस्ता होना है। उत्तर प्रदेश विकास प्राधिकरण की ओर से जमीन खरीदने का काम भी किया जा रहा है। डिफेंस कॉरिडोर में रक्षा उत्पाद गोला-बारूद, तोप-बंदूक आदि का निर्माण होगा। कई विदेशी कंपनियाँ अपनी इकाई लगाएँगी। रक्षा उपकरण बनाने के बाद यहाँ उनका परीक्षण भी किया जाएगा। इसके लिए अलग से फील्ड फायरिंग रेंज स्थापित होगी। इससे क्षेत्र में रोजगार के असीम अवसर बढ़ने की संभावना है। वहीं पूर्वांचल और बुंदेलखंड एक्सप्रेस-वे से भी इस क्षेत्र को काफी फायदा मिलेगा।

डिफेंस एक्सपो से मिली रफ्तार

प्रधानमंत्री नरेंद्र मोदी डिफेंस एक्सपो 2020 का लखनऊ में उद्घाटन किया था। रक्षामंत्री राजनाथ सिंह और उत्तर प्रदेश के मुख्यमंत्री योगी आदित्यनाथ भी इस दौरान मौजूद थे। प्रधानमंत्री ने हथियारों के मामलों में आयात पर निर्भरता घटाने पर जोर दिया।

हथियार के निर्यातक के रूप में उभर रहा है

भारत प्रधानमंत्री मोदी ने कहा कि 2014 में एन.डी.ए. की सरकार बनने के बाद हमने मेक-इन-इंडिया पर बल दिया, जिससे भारत अब हथियार निर्यातक बनकर उभर रहा है, "डिफेंस मैन्युफैक्चरिंग के क्षेत्र में भारत कई वर्षों तक प्रमुख शक्तियों में से एक रहा। आजादी के बाद हमने अपनी इस ताकत का उपयोग उस गंभीरता से नहीं किया, जितना हम कर सकते थे। हमारी नीति और रणनीति इंपोर्ट तक सीमित रह गई।"

आतंकवाद दुनिया के लिए सबसे बड़ी चुनौती

प्रधानमंत्री ने कहा कि इससे निपटने के लिए भारत समेत दुनिया के बड़े देश प्रयास कर रहे हैं। उन्होंने कहा कि टेक्नोलॉजी का गलत इस्तेमाल हो, आतंकवाद हो या फिर साइबर खतरा, यह पूरे विश्व के लिए बड़ी चुनौती हैं। सुरक्षा से जुड़ी नई चुनौतियों को देखते हुए दुनिया की तमाम डिफेंस फोर्सेज नई टेक्नोलॉजी विकसित कर रही हैं। उन्होंने कहा कि अगले पाँच साल में हमने 35 हजार करोड़ रुपए के हथियार निर्यात करने का लक्ष्य रखा है।

डिफेंस सेक्टर में अब 100 फीसदी एफ.डी.आई. की इजाजत

डिफेंस सेक्टर में एफ.डी.आई. से जुड़े नियमों को आसान बनाया है। अब डिफेंस सेक्टर में 100 प्रतिशत एफ.डी.आई. का रास्ता साफ हुआ है। इसमें से 49 प्रतिशत ऑटोमेटिव रूट से संभव है। बीते पाँच वर्षों डिफेंस सेक्टर में 1700 करोड़ के एफ.डी.आई. आने का रास्ता साफ हुआ है।

कॉरिडोर से 5 लाख लोगों को मिलेगा रोजगार

बुंदेलखंड में डिफेंस इंडस्ट्रियल मैन्युफैक्चरिंग कॉरिडोर का शिलान्यास हो चुका है। 50 हजार करोड़ रुपए के निवेश से बननेवाले इस कॉरिडोर को जरिए पाँच लाख लोगों को रोजगार मिलेगा। डिफेंस एक्सपो 2020 के दौरान 200 से ज्यादा एम.ओ.यू. साइन किए गए हैं।

निवेश में मील का पत्थर बनीं यह नीतियाँ

- सरकार ने निवेश मित्र पोर्टल के माध्यम से उद्यमियों को 97 हजार 849 एन.ओ.सी. निर्यात की है।
- ओ.डी.ओ.पी. (एक जनपद, एक उत्पाद) सेक्टर में सरकार ने 8 हजार 875 करोड़ से अधिक के ऋण बाँटे। इसके अलावा 6 हजार कारीगरों, हस्तशिल्पियों को प्रशिक्षण एवं नि:शुल्क टूल किट वितरित की। अभी तक प्रदेश सरकार पाँच लाख से ज्यादा लोगों को रोजगार दे चुकी है।
- विश्वकर्मा श्रम सम्मान योजना के तहत 7500 कारीगरों को प्रशिक्षणोपरांत नि:शुल्क टूल किट वितरित की है। 20 हजार कारीगरों को प्रशिक्षण एवं टूल किट वितरण की काररवाई गतिमान है।
- प्रदेश में लगभग 90 सूक्ष्म, लघु एवं मध्यम इकाइयाँ हैं। इस प्रकार संख्या की दृष्टि से उत्तर प्रदेश देश में प्रथम स्थान पर है।
- सरकार ने एम.एस.एम.ई. सेक्टर में 5 लाख से अधिक उद्यमियों, हस्तशिल्पियों, कारगरों को 33 हजार करोड़ से अधिक का ऋण वितरित किया है।
- यू.पी.ड़ा द्वारा उ.प्र. डिफेंस कॉरिडोर में निवेश के साथ 23 एम.ओ.यू. साइन किए गए हैं। इससे 50 हजार करोड़ रुपए का निवेश होगा और 5 लाख से अधिक लोगों को रोजगार मिलेगा।

□

22

युवाओं के लिए खोले प्रगति के रास्ते

उत्तर प्रदेश सरकार अपने बजट में युवाओं के लिए भी पिटारा खोला है। 2020-21 के लिए पेश बजट में सरकार ने प्रदेश के युवाओं की शिक्षा, हुनरमंद बनाने (स्किल डेवलपमेंट) और रोजगार पर खास ध्यान दिया है। बजट में उद्योगों में प्रशिक्षण के साथ-साथ हर महीने प्रशिक्षण भत्ता देने की घोषणा की है।

प्रदेश के युवाओं को रोजगार से जोड़ने के लिए 'मुख्यमंत्री शिक्षुता प्रोत्साहन योजना' (CMAPS) तथा 'युवा उद्यमिता विकास अभियान' (YUVA) की शुरुआत हो चुकी है।

प्रदेश के युवाओं को बड़े और छोटे उद्योगों में रोजगार करने के दौरान ही प्रशिक्षण प्रदान किया जाएगा। उन्हें निश्चित अवधि के रोजगार से जोड़ने के उद्देश्य से सरकार वित्त वर्ष 2020-21 से 'मुख्यमंत्री शिक्षुता प्रोत्साहन योजना' प्रारंभ करने जा रही है। योजना के लागू होने के बाद से प्रदेश के युवाओं को उद्योगों में प्रशिक्षण के साथ-साथ मासिक प्रशिक्षण भत्ता प्रदान किया जाएगा। युवाओं को मिलनेवाले कुल भत्ते में 1,500 रुपए की धनराशि केंद्र सरकार द्वारा तथा 1,000 रुपए प्रतिमाह की धनराशि राज्य सरकार द्वारा तथा शेष धनराशि संबंधित उद्योग द्वारा वहन की जाएगी। इस योजना के लिए 100 करोड़ रुपए की व्यवस्था का प्रावधान किया गया है।

प्रत्येक जिले में बनेंगे 'युवा हब', हर जिले को 50 करोड़ का फंड

बजट में प्रदेश के लाखों की संख्या में प्रशिक्षित युवाओं को युवा उद्यमिता विकास अभियान (युवा) के द्वारा रोजगार से स्वावलंबन की ओर बढ़ाने हेतु अभिनव पहल की गई है। प्रदेश के प्रत्येक जिले में 'युवा हब' स्थापित किया जाएगा। इच्छुक युवाओं को परियोजना परिकल्पना से लेकर एक वर्ष तक परियोजनाओं को वित्तीय मदद के साथ संचालन में सहायता प्रदान करेगा। लगभग 1,200 करोड़ रुपए की धनराशि युवाओं के लिए विभिन्न स्वतः रोजगार योजनाओं के वास्ते उपलब्ध होगी। इस युवा हब के माध्यम से यह योजनाएँ एक साथ चलाई जाएँगी। यह योजना एक लाख से अधिक युवाओं को स्वावलंबन की ओर ले जाएगी। हर जिले में युवा हब के लिए 50 करोड़ रुपए की व्यवस्था प्रस्तावित है।

मोदी बोले, युवाओं ने भारत को दी नई पहचान

स्वामी विवेकानंद जयंती पर लखनऊ में 12 से 16 जनवरी, 2020 को लखनऊ में राष्ट्रीय युवा उत्सव के रूप में मनाया गया। इसमें 700 युवाओं ने हिस्सा लिया था।

प्रधानमंत्री नरेंद्र मोदी ने राष्ट्रीय युवा उत्सव को वीडियो संदेश के माध्यम से संबोधित किया था। प्रधानमंत्री ने युवाओं से कहा कि स्वामी विवेकानंद कहा करते थे कि सारी शक्ति आपके भीतर मौजूद है। उस पर विश्वास रखो और आगे बढ़ो। भारत एक युवा राष्ट्र है। युवाओं ने भारत को एक नई पहचान दी है। आज भारत दुनिया के तीन स्टार्टअप देशों में शामिल हुआ है, तो यह युवाओं की ही बदौलत है।

सरकार ने 35 वर्ष से कम आयु के युवाओं को ध्यान में रखकर कई नीतियाँ बनाई हैं। उन्हें स्किल डेवलपमेंट कार्यक्रम से प्रशिक्षित किया जा रहा है। वह अपना रोजगार शुरू कर सकें, इसके लिए मुद्रा लोन के माध्यम से मदद की जा रही है। युवा सोच निर्णय लेना सिखाती है। पिछले कुछ महीनों में कई बड़े निर्णय लिये गए। जम्मू-कश्मीर से 370 अनुच्छेद हटाया गया

है। तीन तलाक जैसी कुप्रथा को रोकने के लिए कानून बना। राम जन्मभूमि विवाद खत्म हुआ और नागरिकता संशोधन कानून अब एक सच्चाई है।

2022 में देश की आजादी के 75 साल पूरे हो रहे हैं। क्या हम यह संकल्प ले सकते हैं कि 2022 तक हम जितना संभव हो सके, लोकल प्रोडक्ट ही खरीदें, जिससे कि हमारे ही देश के लोगों को मदद मिले। आज का युवा राष्ट्र-निर्माण की भावना से भरा हुआ है। खुद पर विश्वास कर आगे बढ़ रहा है। युवाओं के दम पर ही भारत दुनिया भर में अपनी पहचान बनाने में सफल हो सका है।

मुख्यमंत्री योगी आदित्यनाथ ने पाँच दिन तक चलनेवाले 'राष्ट्रीय युवा उत्सव' का उद्घाटन किया था। योगी ने युवाओं से कहा कि भारत के बारे में कहा जाता है कि यह अनेकता में एकता का देश है। यहाँ अलग-अलग खान-पान, पहनावे व संस्कृति वाले लोग हैं। राष्ट्रीय युवा उत्सव जैसे आयोजनों से ही देश की अनेकता एकता में बदल जाती है।

'महापुरुषों पर लज्जा करे, तो समझो विनाश तय है'

मुख्यमंत्री योगी ने कहा कि मैं भारतमाता के सपूत स्वामी विवेकानंद की 157वीं जयंती पर उन्हें कोटि-कोटि नमन करता हूँ। आज पूरा देश युवा संन्यासी के समाज में किए गए कार्यों को युवा महोत्सव के रूप में मनाकर याद कर रहा है। मुझे और मेरी सरकार के तीसरे वर्ष में युवा महोत्सव दूसरी बार आयोजित करवाने का मौका मिल रहा है, इसके लिए मैं केंद्रीय राज्यमंत्री किरन रिजीजू और उत्तर प्रदेश की जनता की तरफ से प्रधानमंत्री नरेंद्र मोदी का धन्यवाद करता हूँ। प्रधानमंत्री मोदी ने इस अवसर पर कोलकाता में स्वामी विवेकानंद के मंदिर में दर्शन किए और अपना संदेश बैलूर मठ से दिया। हमें अपने महापुरुषों का आदर करना चाहिए। जब कोई मनुष्य अपने पूर्वजों व महापुरुषों पर गौरव की अनुभूति न कर पाए, तो और लज्जा करे तो समझ लीजिए कि हमारा विनाश तय है।

'फिट यूथ, फिट इंडिया' की थीम पर हो रहे युवा महोत्सव में मुख्यमंत्री

योगी आदित्यनाथ ने विवेकानंद की भव्य प्रतिमा का अनावरण किया। इस मौके पर पी.एम. नरेंद्र मोदी का देश के युवाओं के नाम संदेश भी पढ़कर सुनाया गया। आयोजन के दौरान लोकनृत्य, लोकगीत, एकांकी, शास्त्रीय वादन गायन व नृत्य से जुड़ी 18 सांस्कृतिक प्रतियोगिताओं के साथ कई खेलकूद प्रतिस्पर्धाओं का आयोजन किया जा रहा है।

युवाओं को प्रोत्साहन

- रियो ओलंपिक गेम में उत्कृष्ट प्रदर्शन करनेवाली सुश्री पी.वी. सिंधु, सुश्री साक्षी मलिक, सुश्री दीपा करमाकर को एक-एक करोड़ रुपए का पुरस्कार दिया गया।
- आई.सी.सी. महिला क्रिकेट विश्व कप-2017 लंदन में रजत पदक प्राप्त करनेवाली भारतीय टीम की सदस्य सुश्री दीप्ति शर्मा और पूनम यादव को 8-8 लाख रुपए का नकद पुरस्कार दिया गया।
- 21वें कॉमनवेल्थ गेम्स में 18 पदक जीतने के लिए 18 खिलाड़ियों को पुरस्कार-स्वरूप 2 करोड़ 60 लाख रुपए प्रदान किए गए।
- खेल किट के लिए धनराशि 1000 रुपए से बढ़ाकर 2500 रुपए की गई।
- 'खेलो इंडिया' योजना के तहत प्रदेश के ग्रामीण क्षेत्रों में खेल अवस्थापना सुविधाओं का सृजन किया गया।

□

23

कोरोना में अन्य राज्यों के लिए नजीर बना यू.पी.

मुख्यमंत्री योगी आदित्यनाथ के नेतृत्व में प्रदेश सरकार ने कोरोना संक्रमण के संकट काल में ऐसे काम किए, जो दूसरे राज्यों के लिए नजीर बन गए। प्रदेश के रहनेवाले दूसरे राज्यों से आए श्रमिकों को अपने घर भिजवाने की व्यवस्था हो, कोरोना मरीजों के इलाज में उपलब्धियाँ हासिल करने या फिर मनरेगा व भवन निर्माण में लगे श्रमिकों को आर्थिक सहायता देने का मामला हो, प्रदेश सरकार के उठाए कदमों की लंबी फेहरिस्त है।

डेढ़ लाख प्रतिदिन होने लगी टेस्टिंग

मार्च महीने के मध्य में जैसे ही कोरोना संक्रमण प्रदेश में फैलना शुरू हुआ, मुख्यमंत्री योगी आदित्यनाथ ने कोरोना से निपटने के लिए एक हजार रुपए से विशेष कोविड केयर फंड की स्थापना की। कोरोना के खिलाफ लंबी लड़ाई चलने की मंशा के साथ मुख्यमंत्री ने उस समय कहा था कि इस फंड का उपयोग टेस्टिंग लैब की क्षमता अस्पतालों में कोविड आइसोलेशन वॉर्ड, वेंटिलेटर की व्यवस्था करने के साथ एन-95 मास्क, पर्सनल प्रोटेक्शन इक्विपमेंट (पी.पी.ई.) और सैनिटाइजर बनाने के कामों में किया जाएगा। धीरे-धीरे इस कोविड केयर फंड में मंत्री, विधायकों, उद्योगपतियों व सामाजिक संगठन ने भी दान देना शुरू किया। इस कोविड केयर फंड से चिकित्सा के क्षेत्र में खास उपलब्धियाँ मिलीं। प्रदेश में जहाँ एक भी टेस्टिंग

लैब नहीं थी, शुरुआत में कोरोना की जाँच के नमूने दिल्ली भेजे जाते थे, वहीं आज प्रदेश में सरकारी और निजी क्षेत्र को मिलाकर 142 लैब मिलकर आर.टी.पी.सी.आर. लैब एंटीजेन और ट्रूनेट मशीनों से औसतन डेढ़ लाख प्रतिदिन कोरोना की टेस्टिंग कर रही हैं। टेस्टिंग बढ़ाने का श्रेय भी मुख्यमंत्री को ही जाता है, क्योंकि वह टेस्टिंग का लक्ष्य लगातार निर्धारित करते रहे। मुख्यमंत्री के निर्देश पर चिकित्सा शिक्षा व स्वास्थ्य विभाग ने कोविड-19 के बेहतर उपचार के लिए हर जिले में लेवल-1, 2 और 3 के अस्पतालों की शृंखला बनाकर एक लाख 51 हजार कोविड बेड तैयार किए। इसके साथ ही प्रदेश में ही पी.पी.ई. किट, सैनिटाइजर और मास्क की दिक्कतों को दूर किया गया। अब यह सब चिकित्सीय सामग्री प्रदेश में बनने लगी है। यह सामग्री इतनी प्रचुर मात्रा में बन रही है कि दूसरे राज्यों को भी आपूर्ति की जा रही है।

कोरोना से निपटने को टीम-11 का गठन

मुख्यमंत्री योगी आदित्यनाथ ने कोरोना को मात देने के लिए 11 वरिष्ठ प्रशासनिक अधिकारियों एक खास टीम बनाई। इस टीम ने कोराना से उत्पन्न हालात पर तय जिम्मेदारी के अनुसार नजर रखकर कोरोना को नियंत्रित करने से लेकर छात्रों से जुड़े मुद्दों, औद्योगिक विकास, चिकित्सीय व्यवस्था राशन की आपूर्ति, गरीब-मजदूरों व किसानों के हितों का ध्यान रखने की अपनी जिम्मेदारी निभाई। यह अपने आप में एक अनूठा प्रयोग था। संयोग है कि इसी के बाद मोदी सरकार ने भी कोरोना से निपटने के लिए वरिष्ठ अधिकारियों की 11 कमेटियों का गठन किया।

35 लाख प्रवासी श्रमिकों को घरों तक पहुँचाया

देश के सबसे बड़े राज्य उत्तर प्रदेश के कई शहरों से लोग दूसरे राज्यों में काम कर रहे थे, कोरोना वायरस की वजह से हुए लॉकडाउन के चलते कई मजदूर छात्र और कर्मचारी फँसे हुए थे। ज्यादातर लोग वापस अपने घर लौटना चाहते थे। उस समय राज्यों ने अपने बॉर्डर सील कर दिए थे। ऐसे में उत्तर प्रदेश के मुख्यमंत्री योगी आदित्यनाथ ने दूसरे राज्यों के मुख्यमंत्रियों से

बात की और उनसे वहाँ ठहरे यू.पी. के लोगों के रहने और खाने-पीने की व्यवस्था करने को कहा। मुख्यमंत्री ने पहले तो दिल्ली और राजस्थान के कोटा में फँसे छात्र-छात्राओं को घर पहुँचवाया। इसके बाद प्रदेश की सीमा से लगे राज्यों के मुख्यमंत्रियों से बात कर 35 लाख प्रवासी श्रमिकों को उनके घर पहुँचाने की व्यवस्था की। इस काम में रोडवेज की बारह हजार बसों को श्रमिकों को घर तक पहुँचाने में लगाया गया। इसके साथ ही ट्रेनों से उतर रहे श्रमिकों को भी रोडवेज बसों से घर पहुँचाया गया। इन श्रमिकों को प्रदेश में ही रोजगार देने के लिए कामगार आयोग का गठन किया गया है। यह आयोग इन श्रमिकों को प्रदेश में रोजगार देने की व्यवस्था में जुटा है।

मनरेगा और दिहाड़ी मजदूरों को दी आर्थिक सहायता

कोरोना वायरस के चलते हुए देशव्यापी लॉकडाउन की मार सबसे ज्यादा प्रदेश के दिहाड़ी और मनरेगा मजदूरों पर पड़ी है। इसको देखते हुए उत्तर प्रदेश की योगी सरकार ने बड़ा कदम उठाते हुए, साढ़े 27 लाख मनरेगा मजदूरों के अकाउंट में 611 करोड़ से ज्यादा रुपए ट्रांसफर किए। सी.एम. योगी ने प्रदेश के 20 लाख से अधिक दिहाड़ी मजदूरों के खाते में भी सीधे एक-एक हजार रुपए की दो किस्तें भेजीं। इसके साथ ही सवा तीन करोड़ बी.पी.एल. राशन कार्ड धारकों को दो महीने का अनाज मुफ्त में उपलब्ध कराया गया। इसके तहत हर महीने 20 किलो गेहूँ और 15 किलो चावल राशन कार्ड धारकों को दिया गया। पेंशन भोगियों को दो महीने का वृद्धा पेंशन एक ही साथ अप्रैल के महीने में दी गई।

नए उद्योगों को 10 साल तक श्रम कानूनों से छूट

लॉकडाउन के दौरान ईंट-भट्ठे चलाने की इजाजत सरकार ने दी, ताकि मजदूरों को दिहाड़ी मिलती रहे। प्रदेश में औद्योगिक विकास की गति बनाए रखने के लिए धीरे-धीरे अन्य उद्योगों को भी खुलावाया गया। सरकार ने मजदूरों को काम देने के लिए पूर्वांचल, बुंदेलखंड व अन्य एक्सप्रेस-वे के साथ ही लोक निर्माण विभाग व अन्य विभागों की सड़कों का निर्माण कार्य

शुरू कराया। प्रदेश में औद्योगिक निवेश को बढ़ावा देने के लिए कारखाना अधिनियम और औद्योगिक विवाद अधिनियम में संशोधन का विधेयक विधानसभा में पारित कराया। इसके तहत दस साल तक नए लगनेवालों कारखानों को श्रम कानूनों से छूट दी गई।

□

24

नोएडा में बनेगी दुनिया की भव्य फिल्म सिटी

उत्तर प्रदेश को फिल्म-निर्माण का केंद्र बनाने के लिए सी.एम. योगी ने फिल्म सिटी बनाने का ऐलान किया है। इसकी पटकथा योगी ने 18 सितंबर, 2020 को तब लिखी, जब वे मेरठ मंडल की समीक्षा अपने आवास पर कर रहे थे। इसके बाद चार दिनों के भीतर बॉलीवुड की नामचीन हस्तियों के साथ सी.एम. योगी ने बैठक भी कर ली। इस दौरान सी.एम. योगी ने अपनी मंशा जाहिर की और सुझाव भी लिये। गायक उदित नारायण ने योगी की शान में गीत भी गाए।

मुख्यमंत्री योगी आदित्यनाथ ने कहा है कि उत्तर प्रदेश में अपूर्णता का कोई स्थान नहीं। यहाँ अधूरा कुछ नहीं होता। यह राम की अयोध्या, कृष्ण की मथुरा, शिव की काशी के साथ ही बुद्ध, कबीर और महावीर की भी धरती है। गंगा, यमुना और सरस्वती का संगम है। ये सभी 'पूर्णता के प्रतीक' हैं।

'उत्तर प्रदेश अपनी इसी परंपरा को गति प्रदान करते हुए एक भव्य, आपकी जरूरतों को पूर्ण करनेवाला दिव्य और सर्वसुविधायुक्त 'पूर्ण फिल्म सिटी' का विकास कर दुनिया को एक उपहार देगा।'

उत्तर प्रदेश पर प्रकृति और परमात्मा की असीम कृपा है। फिल्मों ने हमारी भारतीय संस्कृति से विश्व-जगत् को परिचित कराया है। यह समाज का दर्पण है। ऐसे में फिल्म-निर्माण को बढ़ावा देने और स्थानीय प्रतिभाओं को विशेष अवसर उपलब्ध कराने के उद्देश्य से उत्तर प्रदेश सरकार ने राज्य

में मॉडर्न फिल्म सिटी और इंफोटेनमेंट जोन की स्थापना का निर्णय लिया है, जिसके विकास में आगामी 50 साल की जरूरतों का ध्यान रखा जाएगा।

पर्यटन को लगेंगे पंख

उत्तर प्रदेश में पर्यटन उद्योग को नए पंख लगाने के मकसद से ही इस फिल्म सिटी की घोषणा की गई है। अगर इसके लोकेशन और कनेक्टिविटी पर गौर करेंगे, तो यह जगह कमाल की है। एक्सप्रेस-वे पर ही जेवर इंटरनेशनल एयरपोर्ट बन रहा है। हालाँकि इसका कामकाज अभी रुका हुआ है, लेकिन बनना तय है। यमुना एक्सप्रेस-वे सीधा आगरा तक जाती है और उसके बाद आगरा-लखनऊ ताज एक्सप्रेस-वे है, जो करीब 300 किलोमीटर लंबा है। नोएडा से लखनऊ के बीच की 500 किलोमीटर की दूरी ताज एक्सप्रेस-वे और यमुना एक्सप्रेस-वे की मदद से 5 घंटे में पूरी की जा सकती है। ऐसे में ऑन लोकेशन शूट के लिए भी यह शानदार जगह है।

उत्तर प्रदेश की इकोनॉमी में होगा सुधार

आनेवाले दिनों में जब यहाँ फिल्म सिटी में हलचल बढ़ेगी, तो एक्सप्रेस-वे किनारे होटल और हॉस्पिटैलिटी इंडस्ट्री बूम करेगी। इससे लाखों लोगों को रोजगार भी मिलेगा। भविष्य में इस बात की पूरी संभावना है कि नोएडा से आगर तक एक्सप्रेस के दोनों तरफ हजारों की संख्या में रेस्टोरेंट खुलेंगे और दिल्ली-एन.सी.आर. के लोग आउटिंग के लिए निकलेंगे। इससे यू.पी. की इकोनॉमी को बहुत फायदा मिलेगा, क्योंकि लाखों लोगों के पास रोजगार के साधन मिल जाएँगे। यहाँ पर्यटन में तेजी आने से मथुरा, वृंदावन, अयोध्या में भी पर्यटन उद्योग को बढ़ावा मिलेगा।

□

25

उ.प्र. में मेट्रो ट्रेन प्रोजेक्ट

उ.प्र. के सबसे अधिक शहरों में चलेगी मेट्रो

केंद्रीय वित्त मंत्रालय के प्रोजेक्ट इंवेस्टमेंट बोर्ड (पी.आई.बी.) से कानपुर और आगरा में मेट्रो रेल परियोजना को मंजूरी मिलने के बाद सर्वाधिक शहरों में मेट्रो रेल चलानेवाला उ.प्र. देश का पहला राज्य बनने जा रहा है। लखनऊ में मेट्रो रेल परियोजना के तहत 23 किमी. कॉरिडोर (अमौसी से मुंशी पुलिया) पर संचालन प्रारंभ हो चुका है। अब फेज-1(बी) की तैयारी शुरू हो गई है। इस फेज में चारबाग से बसंतकुंज तक मेट्रो चलेगी। अभी गाजियाबाद और नोएडा में दिल्ली से मेट्रो रेल चल रही है।

मुख्यमंत्री योगी आदित्यनाथ उत्तर प्रदेश के शहरों में बेहतर ट्रांसपोर्ट की सुविधा देना चाहते हैं। इसमें मेट्रो रेल के अलावा सिटी बसों की सुविधा देने की दिशा में काम चल रहा है। यू.पी. के लखनऊ, कानपुर व आगरा के अलावा मेरठ, वाराणसी, गोरखपुर, इलाहाबाद में मेट्रो रेल परियोजना शुरू करने की दिशा में काम चल रहा है। केंद्र सरकार से कानपुर व आगरा में मेट्रो रेल परियोजना शुरू करने की मंजूरी मिलने के बाद अब अन्य शहरों के लिए डी.पी.आर. बनाने के काम में तेजी आने की संभावना है।

लखनऊ मेट्रो

- नॉर्थ-साउथ दो कॉरिडोर
- अमौसी से मुंशी पुलिस तक—23 किमी. (मेट्रो का संचालन चल रहा है)

- डी.पी.आर. मंजूर—दिसंबर 2013
- पहले चरण की शुरुआत—8.5 किमी.
- कुल लागत—6880 करोड़

कानपुर मेट्रो

- परियोजना लागत पहले—18143 करोड़
- नई परियोजना लागत—10908 करोड़ (इस लागत पर मिली है मंजूरी)
- मेट्रो रेल के लिए दो कॉरिडोर होंगे
- पहला—आई.आई.टी. कानपुर से नौबस्ता
- दूसरा—कृषि वि.वि. से बर्रा-8
- पहले की लंबाई—23.785 किमी.
- दूसरे की लंबाई—8.600 किमी.
- पहले कॉरिडोर में स्टेशन—22
- दूसरे कॉरिडोर में स्टेशन—9

आगरा मेट्रो

- परियोजना लागत पहले—13781 करोड़
- नई परियोजना लागत—8262 करोड़ (इस लागत पर मिली है मंजूरी)
- पहला कॉरिडोर—सिकंदरा से ताज ईस्ट गेट
- दूसरा कॉरिडोर—आगरा कैंट से कालिंदी विहार
- पहले की लंबाई—14 किमी.
- दूसरे की लंबाई—16 किमी.
- पहले कॉरिडोर में स्टेशन—15
- दूसरे कॉरिडोर में स्टेशन—15

मेरठ-दिल्ली के बीच रैपिड रेल

केंद्र सरकार ने मेरठ व दिल्ली के बीच रैपिड रेल परियोजना को मंजूरी दी है। रैपिड रेल एक तेज गति से चलनेवाली ट्रेन है। मेट्रो रेल में 2 से 3 किमी. के बीच स्टेशन होता है और रैपिड रेल में 10 किमी. पर एक स्टेशन होना है। मेरठ-दिल्ली के बीच रैपिड रेल चलने के बाद एक-दूसरे स्थानों पर जानेवालों को बड़ी सुविधा मिलेगी। आवास विभाग इसके लिए प्रस्ताव पर काम कर रहा है।

□

26

एक राशन कार्ड से कहीं भी मिल सकता है सरकारी अनाज

प्रदेश सरकार राशन कार्ड धारकों को पूरे प्रदेश में कहीं से भी सरकारी अनाज लेने की सौगात दी। अब तो प्रधानमंत्री ने यह योजना पूरे देश में लागू कर दी है। इस योजना के तहत अब 'एक देश, एक राशन कार्ड' योजना लागू कर दी गई है। इसकी घोषणा प्रधानमंत्री ने देश के नाम संबोधन में की थी। इस योजना को सबसे पहले प्रदेश की योगी सरकार ने पायलट प्रोजेक्ट के तहत लागू किया था।

राज्य सरकार ने बाराबंकी, गौतमबुद्ध नगर, हापुड़, कानपुर नगर, कानपुर देहात, उन्नाव, लखनऊ व बाराबंकी में पायलट के तहत राशन कार्ड पोर्टेबिलिटी योजना लागू की गई थी। इसके तहत लगभग पाँच लाख लोगों ने दूसरी दुकानों से राशन खरीदा था। यहाँ परीक्षण सफल रहने के बाद इसे पूरे प्रदेश में लागू किया गया। देश में यह योजना लागू होने के बाद राशन पोर्टेबिलिटी शुरू होने के बाद कोटेदारों का एकाधिकार खत्म हो गया है। इससे सीधे तौर पर गरीबों को फायदा हो रहा है। अकसर सामने आता है कि गाँवों में प्रधान और शहरों में पार्षद, सभासद से कोटेदारों के मजबूत गठजोड़ के चलते गरीबों को अनाज मिलने में दिक्कत होती है। वहीं जब गरीब आदमी रोजगार की आस में पलायन करता है, तो उसे अपने कोटे का राशन नहीं मिल पाता।

□

27

किसान सम्मान निधि से किसानों को एक बड़ी राहत

विजय बहादुर सिंह वाराणसी जिले के गाँव नरोत्तमपुर में रहते हैं। इनके पास ढाई एकड़ जमीन है। खेत में छोटे-मोटे कामों के लिए हर बार साहूकारों से कर्ज लेना पड़ता था। बाद में इन्होंने किसी तरह 'किसान क्रेडिट कार्ड' ले लिया। यह कार्ड दो लाख तक की लिमिट का था। खेती बाड़ी में किसान क्रेडिट कार्ड से खरीदारी हो गई। बाद में बैंक का कर्ज बढ़ता गया। ऐसे में प्रदेश में भा.ज.पा. सरकार बनने के बाद ऋण मोचन योजना आ गई। यह योजना विजय बहादुर के लिए वरदान बनकर आई। इनका एक लाख का कर्ज सरकार ने चुका दिया। अब वे ऋण-मुक्त हैं। उनके बैंक खाते की स्थिति भी ठीक है।

अब यह किसान सम्मान निधि का लाभ ले रहे हैं। किसान सम्मान निधि में लाभ पाए किसानों ने इसे किसानों के लिए एक बड़ा संबल बताया। विशेषकर छोटे किसानों को जहाँ ऋण लेकर फसल की बुआई करनी पड़ती थी, वहाँ अब कर्ज नहीं लेना पड़ता।

पनियरा के किसान विजय बहादुर बहेलिया ने बताया कि मेरे पास एक एकड़ जमीन है। हर सीजन की शुरुआत के लिए दुकानदारों से उधार लेना पड़ता था। अब नगद पैसा देकर उन्नतशील प्रजाति के बीज, खेत की जुताई, खाद, कीटनाशकों खरीद लेते हैं। योगी-मोदी की सारी योजनाओं का लाभ हम लोगों को मिल रहा है।

प्रधानमंत्री किसान सम्मान निधि योजना किसानों को समय-समय पर खेती किसानी में लगनेवाली लागत में कामधेनु की तरह सहायक हो रही है।

वाराणसी के ही चिरईगाँव ब्लॉक के ग्राम पंचायत कमौली के शक्तिभूषण पांडेय लघु-सीमांत किसान हैं। उनका कहना है पहले जब धन की जरूरत होती थी तो घर से कमाने के लिए अन्य प्रदेशों में गए परिजनों की ओर लोगों का ध्यान जाता था, लेकिन प्रधानमंत्री व मुख्यमंत्री ने यह योजना लाकर कमानेवाले परिजन की तरह ही मदद पहुँचाने का काम कर रहे हैं।

वाराणसी के ग्राम पंचायत पूरनपट्टी के दीनानाथ उपाध्याय सीमांत कृषक हैं, सब्जियों की खेती करते हैं। उन्होंने बताया कि अब खेती कमर्शियल हो गई है। समय-समय पर धन की जरूरत पड़ती है, सरकार की इस योजना से ऐसे समय में जब खाते में पैसा आता है, तो किसानों को संजीवनी ही मिल जाती है। किसी साहूकार से अब कर्ज लेने से पूरी तरह छुटकारा मिल गया है।

किसान ऋण मोचन योजना, खुशहाल हुए किसान

प्रदेश सरकार ने सत्ता में आने के बाद 'किसान ऋण मोचन योजना' में किसानों का एक लाख रुपए तक का लंबे समय बकाया बैंक कर्ज माफ कर दिया, सरकार के इस प्रयास से बैंकों द्वारा डिफॉल्टर घोषित किसानों को फिर से आर्थिक मदद मिलने लगी, इससे किसानों में खुशहाली आ गई। चिरईगाँव ब्लॉक के ग्राम पंचायत खरगीपुर के किसान चंद्र प्रकाश सिंह दो हेक्टेयर के किसान हैं, उन्होंने किसान क्रेडिट कार्ड के माध्यम से स्टेट बैंक ऑफ इंडिया की सारनाथ शाखा से वर्ष 2004 में 35 हजार रुपया कर्ज लिया था। अच्छी उपज नहीं होने के चलते उस वर्ष खेती में लागत भी नहीं निकल पाई। बैंक ने बकाएदार के नाते ऋण देना बंद कर दिया। धीरे-धीरे बकाया धनराशि 86 हजार हो गई, जिसकी अदायगी संभव नहीं थी, लेकिन सरकार ने सत्ता में आने के बाद उस वर्ष के मार्च महीने तक के सभी बकाए कर्ज के माफी की घोषणा की, तो अप्रैल महीने में बैंक की ओर से बुलावा आया। हिसाब हुआ तो सत्तर हजार रुपया माफ कर दिया गया, केवल एक माह का ब्याज सोलह

हजार जमा कर ऋण-मुक्त हो गया। अब प्रतिवर्ष बैंक से लेन-देन हो रहा है। सरकार ने किसानों की किस्मत ही बदल दी।

पहली कैबिनेट में हुआ था किसानों का कर्जा माफ

किसानों की आय को दोगुना करने के लिए तकनीकी बढ़ावा देने का काम किया जा रहा है। विधानसभा चुनाव से पहले भा.ज.पा. ने अपने घोषणा-पत्र में किसानों का ऋण माफ करने का वादा किया था। सरकार बनने के बाद पहली ही कैबिनेट मीटिंग किसानों के एक लाख तक के ऋण माफ करने का फैसला कर लिया गया। यह ऋण माफी किसानों के लिए वरदान बन गई। छोटे किसानों को कर्ज से राहत मिली और साहूकारों के जंजाल से भी। 86 लाख से अधिक लघु और सीमांत किसानों का 36 हजार करोड़ का कर्ज माफ कर दिया गया।

धान, गेहूँ, तिलहन, दलहन की खरीद में ऐतिहासिक बढ़ोतरी

प्रधानमंत्री नरेंद्र मोदी ने किसानों के लिए फसलों के समर्थन मूल्य में जबरदस्त बढ़ोतरी का ऐलान किया था। प्रधानमंत्री का सपना उत्तर प्रदेश में साकार करने का काम मुख्यमंत्री योगी आदित्यनाथ ने किया। सरकार ने धान, गेहूँ, तिलहन और दलहन की खरीद में अभूतपूर्व बढ़ोतरी की।

सरकार ने वर्ष 2019-20 के लिए अपनी धान खरीद नीति का ऐलान किया, इसके तहत सरकार ने 50 लाख टन धान खरीद का लक्ष्य तय किया। धान खरीद नीति को अनुमोदित करते हुए सामान्य किस्म के धान को 1850 रुपए प्रति क्विंटल तथा 'ए' ग्रेड के धान को 1837 रुपए प्रति क्विंटल के हिसाब से खरीदने का निर्णय लिया है। धान की साफ सफाई के लिए किसानों को 20 रुपए प्रति क्विंटल के हिसाब से अतिरिक्त धनराशि चुकाई जा रही है। प्रदेश सरकार एक अप्रैल से 15 जून के बीच न्यूनतम समर्थन मूल्य (एम.एस.पी.) पर गेहूँ की खरीद करती है। ऐसे में जो किसान सरकारी भाव पर गेहूँ बेचना चाहते हैं, उन्हें रजिस्ट्रेशन कराना जरूरी कर दिया है। केंद्र ने वर्ष 2020-21 के लिए गेहूँ खरीद का एम.एस.पी. 1935 रुपए प्रति क्विंटल

तय किया है। इसी प्रकार तिलहन और दलहन खरीद में भी किसानों के हित की नीति अपनाई गई है।

गन्ना मूल्य का रिकॉर्ड भुगतान

गन्ना एवं चीनी उत्पादन में उत्तर प्रदेश का देश में प्रथम स्थान है। इन बीते तीन सालों में सरकार ने 90 हजार करोड़ रुपए का रिकॉर्ड गन्ना मूल्य भुगतान किया है।

गन्ना किसानों का समय पर भुगतान होने से गन्ना किसान काफी उत्साहित हैं और वह गन्ने की फसल को लेकर काफी मेहनत कर रहे हैं। सीतापुर में कुल पाँच चीनी मिलें हैं, जिसमें पहली डालमिया शुगर मिल रामगढ़, दूसरी सेक्सरिया शुगर फैक्टरी बिसवां, तीसरी अवध शुगर मिल हरगाँव, चौथी डालमिया शुगर मिल जवाहरपुर और पाँचवीं सहकारी चीनी मिल महमूदाबाद स्थापित है। सीतापुर में स्थापित चीनी मिलों ने किसानों का गन्ना भुगतान कर राज्य में दूसरा स्थान हासिल किया है। चीनी मिलों ने गन्ना किसानों का 72 फीसदी गन्ना-मूल्य भुगतान कर दिया हैं।

मुंडरेवा, पिपराइच और रमाला चीनी मिलों का विस्तार एवं पेराई क्षमता में बढ़ोतरी की गई है। 11 चीनी मिलों की क्षमता में विस्तार किया गया है। इनमें 9 निजी, 1 सहकारी और 1 निगम की है।

25 सालों में पहली बार 105 नई खाँड़सारी इकाइयों के लाइसेंस स्वीकृत किए गए। ऐसा करने से 27 हजार 850 टी.सी.डी. की अतिरिक्त पेराई क्षमता विकसित हुई है। इसके साथ ही उत्तर प्रदेश देश का सबसे बड़ा एथेनाल आपूर्ति करनेवाला राज्य भी बना। अब उत्पादन क्षमता 126.10 करोड़ लीटर हर वर्ष है।

बाण सागर परियोजना—39 साल लगे उद्घाटन में

विंध्य क्षेत्र की बहूद्देशीय बाणसागर नहर परियोजना का कार्य पूरा होने पर प्रधानमंत्री नरेंद्र मोदी ने इसका उद्घाटन मिर्जापुर के चनईपुर गाँव से किया। यह एक ऐतिहासिक पल था, जब एशिया की सबसे बड़ी नहर

परियोजना का उद्घाटन कर प्रधानमंत्री ने इसे देश को समर्पित किया। 3500 करोड़ की लागत से बनी इस 170 किमी. नहर परियोजना के यू.पी. हिस्से का कार्य इसके शिलान्यास के 39 साल बाद पूरा किया जा सका है।

इस नहर परियोजना का लाभ प्रदेश के दो बड़े जिलों—मिर्जापुर और इलाहाबाद के असिंचित क्षेत्रों के 1.70 लाख किसानों को होगा। बाणसागर नहर से दोनों जिलों में 1 लाख 50 हजार 131 लाख हेक्टेयर फसलों की सिंचाई संभव हो सकेगी, जिसमें मिर्जापुर में 75 हजार 309 हेक्टेयर और इलाहाबाद में 74 हजार 823 हेक्टेयर भूमि की सिंचाई हो सकेगी।

दरअसल सिंचाई की सुविधा के मामले में यह इलाका काफी संकटग्रस्त माना जाता था। वहीं मीरजापुर जिले के पहाड़ी इलाके में गरमी शुरू होते ही पानी की समस्या खड़ी हो जाया करती थी। ऐसा माना जा रहा है कि इस परियोजना के पूरा होने के साथ सूखे की समस्या से जूझ रहे इस क्षेत्र को निजात मिल पाएगी।

1977 में मोरारजी देसाई ने किया था शिलान्यास

बाणसागर परियोजना की परिकल्पना मध्य प्रदेश के विंध्य क्षेत्र में होनेवाली वर्षा की अनिश्चितता को देखते हुए और उत्तर प्रदेश और बिहार राज्य के कुछ सर्वाधिक सूखाग्रस्त क्षेत्रों को सिंचित करने के लिए की गई थी। परियोजना के निर्माण के लिए मध्य प्रदेश ने 50 फीसदी, उत्तर प्रदेश ने 25 फीसदी और बिहार ने 25 फीसदी वित्तीय सहायता देना स्वीकार किया था।

इस परियोजना के लिए 1977 के मूल्य के आधार पर वर्ष 1978 में 322.30 करोड़ रुपए स्वीकृत किए गए। इसका शिलान्यास जनता सरकार के दौरान तत्कालीन प्रधानमंत्री मोरारजी देसाई ने 14 मई, 1978 को किया था।

परियोजना का काम दस साल में पूरा किया जाना था, लेकिन वित्तीय संसाधनों की सीमित उपलब्धता और सहभागिता के अनुसार अंशदान का भुगतान समय से न होने के कारण परियोजना के कार्य लटकता गया। मध्य प्रदेश के हिस्से में इस महत्त्वाकांक्षी अंतरराज्यीय परियोजना को 2006 में पूरा

कर लिया गया, जिसका उद्घाटन पूर्व प्रधानमंत्री अटल बिहारी वाजपेयी ने 2006 में किया था।

क्या है बाणसागर नहर परियोजना

सोन नदी पर मध्य प्रदेश, उत्तर प्रदेश और बिहार की बहूद्देशीय बाणसागर नहर परियोजना का मुख्य बाँध मध्य प्रदेश के शहडोल जिले के देवलोंद गाँव के पास है। मुख्य बाँध की कुल लंबाई 1020 मीटर है, जिसमें से 671.72 मीटर का पक्का बाँध है। बाँध में जल-निकासी के लिए 50×60 फुट के रेडियल क्रेस्ट गेट लगाए गए हैं।

मध्य प्रदेश में परियोजना का डूब क्षेत्र 58 हजार 400 हेक्टेयर है, जिससे 336 गाँव प्रभावित हुए। इनमें से 79 गाँव पूरी तरह डूब गए, जबकि 257 गाँव आंशिक तौर पर डूबे। बाणसागर परियोजना से मध्य प्रदेश में 1.54 लाख हेक्टेयर, उत्तर प्रदेश में 1.50 लाख हेक्टेयर और बिहार राज्य में 94 हजार हेक्टेयर क्षेत्र में सिंचाई हो सकेगी।

उत्तर प्रदेश के हिस्से की ऐतिहासिक बाणसागर नहर परियोजना का कार्य 1997 में शुरू हुआ था। एशिया की इस सबसे बड़ी परियोजना पर लगभग 3500 करोड़ रुपए खर्च आया है। 170 किमी. टनल व नहर के माध्यम से परियोजना को पूरा किया गया है।

इस योजना के अलावा पहाड़ी बाँध परियोजना, जमरार बाँध परियोजना, मौदहा बाँध परियोजना, पहुंज बाँध परियोजना, लहचुरा बाँध परियोजना, गुंटा बाँध परियोजना सहित 8 परियोजनाओं को पूरा किया गया। इन परियोजनाओं के पूरा होने से 2 लाख 16 हजार हेक्टेअर में सिंचाई क्षमता बढ़ गई। इन क्षेत्रों के किसानों की फसलें लहलहाने लगी हैं।

बुंदेलखंड में तालाबों के निर्माण से लहलहाने लगी फसल

बुंदेलखंड के ललितपुर जनपद स्थित पठारी भूमि की अनुपयोगी खदानें हजारों ग्रामीणों को नया जीवन दे रही हैं। बहुत ही कम खर्चे पर तालाब में परिवर्तित एक दर्जन तालाबों ने आसपास के ग्रामीणों की ऊसर जमीन को

खेतीबाड़ी के लिए पर्याप्त पानी उपलब्ध कराया। अब यह धरतीपुत्र मजदूरी छोड़ अपने खेतों में पसीना बहाकर रबी व खरीफ फसल का उत्पादन कर रहे हैं।

विंध्याचल पर्वत-श्रृंखलाओं से घिरे ललितपुर जनपद का बड़ा भूभाग पठारी है। यहाँ धरती के भीतर पत्थर-ही-पत्थर है। पानी बहुत कम मात्रा में पाया जाता है, जिसकी वजह से इस क्षेत्र में खेतीबाड़ी बहुत कम होती है। गरमी के मौसम में यहाँ पीने के पानी का संकट रहता है। हैंडपंपों के हवा देने पर टैंकरों से जलापूर्ति एकमात्र विकल्प है। इस तरह के इलाकों में सेंड स्टोन, खंडे, ग्रेनाइट आदि का खनन वर्षों से बड़े पैमाने पर होता आ रहा है। खनन के पश्चात् तमाम खदानें बंद हो गईं और ग्रामीणों के पास रोजगार के विकल्प कम होने लगे। ऐसे में वह परिवार का पेट पालने के लिए मजदूरी के लिए शहर आने लगे। इन हालातों से जूझ रहे ग्राम पंचायत डुंगरिया में दो, देवगढ़ में दो, ग्राम सैपुरामुजफ्ता में दो, ग्राम पंचायत बालाबेहट में दो व दूधई, ग्राम कुचदौं द्वितीय ग्राम कपासी, ग्राम जहाजपुर में क्रमशः एक-एक निष्प्रयोज्य खदानों पर 2019 में तत्कालीन जिलाधिकारी मानवेंद्र सिंह की नजर पड़ी और उन्होंने मनरेगा, ग्राम निधि व खनिज न्यास निधि से धनराशि खर्च करके इनको तालाब में तब्दील कराया। जिसका बारिश में असर दिखाई दिया। वर्षा जल से यह तालाब में तब्दील यह खदानें लबालब हो गईं। फिर इसके आसपास भूमि वाले ग्रामीणों ने हल थाम किया और ऊसर पड़े खेतों में फसलों की बुआई कर दी। समय-समय पर सिंचाई के लिए पर्याप्त पानी मिलने से खेत लहलहा उठे और ग्रामीणों को बेहतर उत्पादन मिलने लगा। इन तालाबों को बनाने में कुल 46.50 लाख रुपए खर्च हुए। मनरेगा से 9.56, ग्राम निधि से 21.94 और खनिज न्यास निधि से 15 लाख रुपए खर्च किए गए। इस कार्य से 480 ग्रामीण परिवार लाभान्वित हो रहे हैं। कुल 1,300 एकड़ भूमि सिंचित होती है। इसके साथ ही तत्कालीन जिलाधिकारी के नेतृत्व में विकास खंड मड़ावरा के मदनपुर क्षेत्र में बहनेवाली ओडी नदी का पुनर्जीवन हुआ था। दोनों कार्यों के लिए भारत सरकार से राष्ट्रीय पुरस्कार भी मिल चुका है।

वर्षाजल संचयन से बढ़ा भूगर्भ जलस्तर

तालाब में तब्दील निष्प्रयोज्य खदानें धरती की प्यास बुझाने में उपयोगी साबित हो रही हैं। वर्षा जल संचयन से भूगर्भ जलस्तर में सुधार हो रहा है। इन तालाबों के आसपास लगे हैंडपंप गरमी में भी पानी देना बंद नहीं करते। यहाँ रहनेवाले लोगों को अब गरमी में पहले की तरह समस्या नहीं होती।

गरमी में अब मवेशियों को नहीं होती समस्या

तालाबों में पानी हमेशा बना रहता है। इस कारण मवेशियों को समस्या नहीं होती। हर मौसम में वह इन तालाबों से अपनी प्यास बुझाते हैं। पहले बेजुबान जानवरों को पानी बड़ी मुश्किल से नसीब हुआ करता था।

बुंदेलखंड में 8 हजार से ज्यादा तालाबों का निर्माण हुआ

यह एक बानगी भर है बुंदेलखंड में विकास कार्यों की। पूरे बुंदेलखंड क्षेत्र में 8 हजार 384 तालाबों का निर्माण हुआ है। 3 हजार 869 किलोमीटर लंबाई के तटबंधों पर बाढ़ सुरक्षात्मक कार्य पूरा किया जा चुका है। बाढ़ सुरक्षा की 149 परियोजनाएँ पूरी हो चुकी हैं। 50 लाख किसान ड्रिप स्प्रिंकलर से योजना का लाभ ले रहे हैं।

□

28

उज्ज्वला योजना ने जीवन में नए रंग भरे

मऊ की सदर तहसील की पोस्ट बड़ागाँव में एक गाँव है बरलाई। इस गाँव में पूनम देवी जब से ब्याहकर घर आई थी, तब से आँखों में जा रहे धुएँ से परेशान थी। स्वास्थ्य भी खराब होता रहता था। समस्या थी घर का चूल्हा जलाने की। चूल्हा जलाने के लिए ईंधन खरीदना पड़ता था। कभी-कभी खुद भी जाकर इधर-उधर से सूखी लकड़ियाँ या गोबर लाकर उपले बनाती थी। हर रोज चूल्हा जलाने की मशक्कत अलग से करना पड़ती थी। धुएँ से घर का दम घुटता था वह अलग। कभी खाँसी, तो कभी फेफड़ों को साँस लेने में दिक्कत। आखिर एक दिन समस्या का हल निकला। पूनम देवी को 'प्रधानमंत्री उज्ज्वला गैस योजना' के तहत एक गैस सिलेंडर मिल गया। पूनम देवी बी.पी.एल. परिवार से आती है। वे कहती हैं कि हमारी जिंदगी में हम कभी गैस देख भी पाएँगे, सोचा भी नहीं था। जब फार्म वगैरह भरवाकर ले गए, तब भी भरोसा नहीं था कि गैस मिल जाएगी। पहले भी कई सालों से कई योजनाओं के फॉर्म भरवाए गए थे, लेकिन नतीजा कुछ नहीं निकला था। अब भी भरोसा नहीं था। इस एक सिलेंडर ने जीवन बदल दिया है। पूनम यह बताते हुए भावुक हो जाती हैं कि हमारी जिंदगी में सच में उजाला हो गया। वे कहती हैं, "मोदीजी ने पहली बार हम औरतों के बारे में सोचा है। अब खाना भी जल्दी बन जाता है। उपले और ईंधन के लिए परेशान भी नहीं होना पड़ता।" पूनम कहती हैं कि रोज सुबह-शाम धुएँ से दम घुटता था। खाना भी देरी से बनता था। बच्चे भी परेशान थे, परिवार भी। उपाय कुछ नहीं था। रोज

ईंधन ढूँढ़ना, रोज चूल्हा जलाना यही जिंदगी थी। अब जीवन बदल रहा है।

यह एक पूनम की कहानी नहीं है। उ.प्र. के सैकड़ों गाँवों में 1 करोड़ 47 लाख महिलाओं की बदलती कहानी है। यह संख्या लगातार बढ़ रही है। गाँवों और मजरों में घर धुआँ रहित होने लगे। प्रदूषण भी कम हो रहा है। महिलाओं की सेहत भी सुधर रही है। इस योजना को प्रारंभ करने के पीछे यही उद्देश्य भी था—'स्वच्छ ईंधन, बेहतर जीवन' के नारे के साथ केंद्र सरकार ने 1 मई, 2016 को प्रधानमंत्री श्री नरेंद्र मोदी ने नेतृत्व में एक सामाजिक कल्याण योजना 'प्रधानमंत्री उज्ज्वला योजना' की शुरुआत की थी। योजना एक धुआँ रहित ग्रामीण भारत की परिकल्पना करती है। वर्ष 2019 तक पूरे देश में 5 करोड़ परिवारों, विशेषकर गरीबी रेखा से नीचे रह रही महिलाओं को रियायती एल.पी.जी. कनेक्शन उपलब्ध कराने का लक्ष्य रखा गया। सरकार की सोच है कि इस योजना से एल.पी.जी. के उपयोग में वृद्धि होगी और स्वास्थ्य संबंधी विकार, वायु प्रदूषण एवं वनों की कटाई को कम करने में मदद मिलेगी।

कोरोना महामारी में फ्री गैस सिलेंडर

26 मार्च, 2020 को देश की वित्तमंत्री श्रीमती निर्मला सीतारमण ने घोषणा की है कि आगामी तीन महीनों तक सरकार द्वारा सभी बी.पी.एल. परिवारों को मुफ्त एल.पी.जी. सिलेंडर उपलब्ध कराया जाएगा। इस योजना की घोषणा का मुख्य उद्देश्य कोरोना वायरस की महामारी को ध्यान में रखते हुए किया गया है। सभी गरीब परिवार, जो कि बी.पी.एल. सूची में आते हैं, आसानी से अपना जीवनयापन कर सकें। इस योजना की घोषणा से लगभग 8.3 करोड़ परिवारों को लाभ होगा।

योजना में फ्री गैस का लाभ

इस योजना के तहत देश के लोगों को फ्री सिलेंडर दिए गए हैं। सरकार के पास 'उज्ज्वला योजना' के सभी लाभार्थियों की पूरी जानकारी है। इसी के माध्यम से लाभार्थियों के खाते में इन फ्री सिलेंडर का पैसे भेजा गया। ग्राहक

इस पैसे से फ्री सिलेंडर ले सकेंगे। प्रधानमंत्री उज्ज्वला योजना के तहत दी जानेवाली 1 अप्रैल से फ्री गैस सिलेंडर की राशि पहली किस्त की तर्ज पर सरकार ने भेजी। 14.2 किलोग्राम वाले तीन एल.पी.जी. सिलेंडर ही प्रधानमंत्री गरीब कल्याण योजना के अंतर्गत दिए गए। हर लाभार्थी को महीने में एक फ्री सिलेंडर दिया जाना है। पहले गैस सिलिंडर की डिलीवरी उठाने पर दूसरे किश्त की राशि उपभोक्ता के खाते में सीधे गई। उसके बाद तीसरी किस्त दी जाएगी। दो रिफिल के बीच 15 दिन का अंतराल होना चाहिए।

तीन सिलेंडर फ्री मिले

इस योजना के तहत 14.2 किलोग्राम वाले तीन सिलेंडर प्रधानमंत्री गरीब कल्याण योजना में दिए गए। एक महीने में एक सिलेंडर मुफ्त में दिया गया। जिन लोगों के पास 5 किलो वाले सिलेंडर थे, उन्हें 3 महीने में कुल 8 सिलेंडर दिए गए। यानी एक महीने में अधिकतम 3 सिलेंडर फ्री मिले।

□

29

अमृत योजना से 60 हजार घर आच्छादित

प्रधानमंत्री नरेंद्र मोदी ने 25 जून, 2015 को शहरी भारत की तसवीर बदलने के लिए अमरुत परियोजना (AMRUT : Atal Mission for Rejuvenation and Urban Transformation), स्मार्ट सिटी मिशन तथा सभी के लिए मकान (शहरी) कार्यक्रम की शुरुआत की। यह तीनों ही योजनाएँ देश के शहरों से जुड़ी हुई हैं। इनमें 100 स्मार्ट सिटी बनाने, 500 शहरों के लिए अटल शहरी पुनर्जीवन और परिवर्तन मिशन और 2022 तक शहरी इलाकों में सभी के लिए घर बनाने की योजना शामिल हैं। अमृत मिशन का मुख्य उद्देश्य है—घरों में बुनियादी सुविधाएँ उपलब्ध कराना, जैसे कि जल आपूर्ति, सीवरेज, शहरी परिवहन आदि, जिससे सभी नागरिकों के जीवन की गुणवत्ता में वृद्धि हो सके, खासकर गरीब और विकलांग लोगों के जीवन में।

अमृत योजना के बारे में महत्त्वपूर्ण अन्य जानकारी

- कस्बों का कायाकल्प करनेवाली इस परियोजना का हर क्षेत्र में नियमित रूप से ऑडिट किया जाएगा। बिजली का बिल, पानी का बिल, हाउस टैक्स आदि सभी।
- सुविधाएँ इ-गवर्नेंस के माध्यम से सुनिश्चित की जाएँगी।
- जलापूर्ति प्रणालियों का निर्माण एवं रख-रखाव करना।
- पुराने जल निकायों का कायाकल्प करना।

- भूमिगत सीवेज प्रणाली का निर्माण एवं रख-रखाव करना।
- जिन राज्यों की सरकारें इसे अच्छे ढंग से आगे बढ़ाएँगी, उनके लिए बजट आवंटन भी बढ़ा दिया जाएगा।
- जल संसाधनों की पुनरावृत्ति करना अथवा अपशिष्ट जल का पुनः उपयोग करना।
- नाली और सैप्टिक टैंक की जैविक और यांत्रिक सफाई करना।
- अमृत के अंतर्गत वह परियोजनाएँ भी आएँगी, जो जे.एन.एन.यू.आर.एम. के अंतर्गत अधूरी रह गईं।
- प्रभावी बाढ़ जल निकासी प्रणाली का निर्माण एवं रख-रखाव करना, जिससे बाढ़ द्वारा होनेवाली तबाही को रोका जा सके।
- विभिन्न स्थानों पर बस रैपिड ट्रांसपोर्ट सिस्टम की स्थापना करना।

उत्तर प्रदेश के 61 शहरों में लागू है यह योजना। अब तक 60 हजार घरों को इस योजना से आच्छादित किया जा चुका है। जिन शहरों में यह योजना लागू है, उसकी सूची संलग्न है।

क्रम संख्या	नगर	क्रम संख्या	नगर	क्रम संख्या	नगर	क्रम संख्या	नगर
1	आगरा	17	देवरिया	33	कानपुर	49	ओरई
2	अकबरपुर	18	एटा	34	कासगंज	50	पीलीभीत
3	अलीगढ़	19	इटावा	35	खुरजा	51	राय बरेली
4	इलाहाबाद	20	फैजाबाद	36	लखीमपुर	52	रामपुर
5	अमरोहा	21	फर्रूखाबाद-फतेहगढ़	37	ललितपुर	53	सहारनपुर
6	अयोध्या	22	फतेहपुर	38	लोनी	54	संभल
7	आजमगढ़	23	फिरोजाबाद	39	लखनऊ	55	शाहजहाँपुर
8	बहराइच	24	गाजियाबाद	40	मनीपुर	56	शामली
9	बलिया	25	गाजीपुर	41	मथुरा	57	शिकोहाबाद
10	बाँदा	26	गोंडा	42	मौनाथ भंजन	58	सीतापुर

11	बड़ौत	27	गोरखपुर	43	मेरठ	59	सुल्तानपुर
12	बरेली	28	हापुड़	44	मिर्जापुर–विद्यांचल	60	उन्नाव
13	बस्ती	29	हरदोई	45	मोदीनगर	61	वाराणसी
14	बदायूँ	30	हाथरस	46	मुरादाबाद		
15	बुलंदशहर	31	जौनपुर	47	मुगल सराय		
16	चंदौसी	32	झाँसी	48	मुजफ्फरनगर